教育部统编语文教材"名著导读"指定阅读书目

朝闻道

——中国科幻名家作品精选

刘慈欣等 著

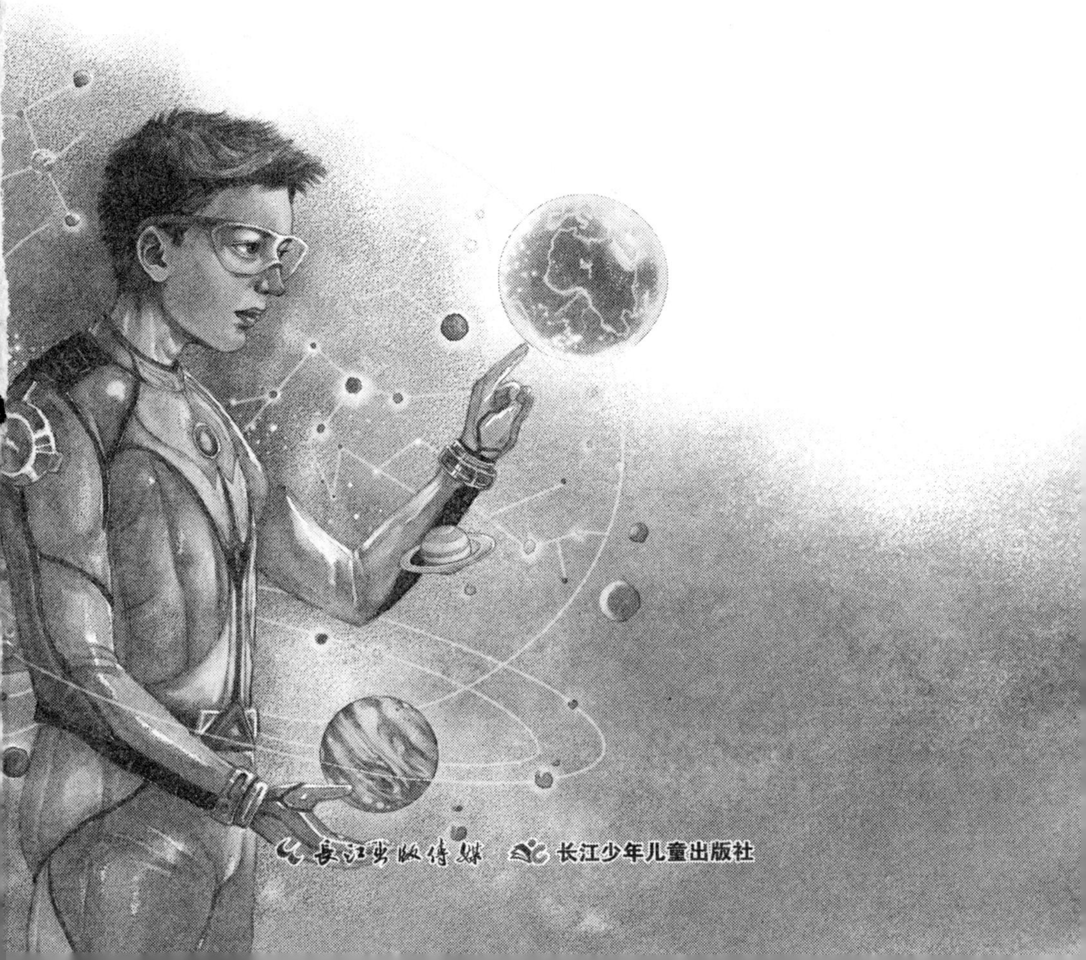

长江出版传媒　长江少年儿童出版社

朝闻道
——中国科幻名家作品精选

刘慈欣等 著

图书在版编目（CIP）数据

朝闻道：中国科幻名家作品精选/刘慈欣等著. --武汉：长江少年儿童出版社，2019.1
（和名师一起读名著）
ISBN 978-7-5560-9032-7

Ⅰ.①朝… Ⅱ.①刘… Ⅲ.①科学幻想小说—小说集—中国—当代 Ⅳ.①I247.7

中国版本图书馆CIP数据核字(2018)第265468号

出版发行	长江出版传媒 长江少年儿童出版社
出品人	何　龙

社　址	武汉市雄楚大街268号出版文化城爱立方大楼	邮政编码	430070
业务电话	（027）87679174　（027）87679786	电子邮箱	cjcpg_cp@163.com
网　址	http://www.cjcpg.com		

承印厂	荆州市翔羚印刷有限公司	经销	新华书店湖北发行所

规格	640毫米×970毫米	开本	16开
字数	108千字	印张	8.25
版次	2019年1月第1版，2019年1月第1次印刷	印数	1—10000

书号	ISBN 978-7-5560-9032-7	定价	25.00元

本书如有印装质量问题，可向承印厂调换。

目 录
Contents

王晋康作品
生命之歌 / 3

吴岩作品
生死第六天 / 29

刘慈欣作品
朝闻道 / 49

带上她的眼睛 / 75

郝景芳作品
祖母家的夏天 / 91

谷神的飞翔 / 104

王晋康作品

作者简介

王晋康,1948年生,河南南阳人,著名科幻作家。迄今已发表短篇小说87篇,长篇小说10余篇,计500余万字。曾荣获1997年国际科幻大会银河奖、全球华语科幻星云奖终生成就奖,是目前获得中国科幻银河奖次数最多的作家,堪称中国科幻文学的旗帜性作家。其作品擅长设置悬念,在个体生命的独特体验与对科技的反思中探索伦理与人性的发展方向。曾以《生命之歌》荣获1995年中国科幻银河奖特等奖。

生命之歌

孔宪云晚上回到寓所时，看到了丈夫从中国发来的传真。她脱下外衣，踢掉高跟鞋，扯掉传真躺到沙发上。

孔宪云是一个身材娇小的职业妇女，动作轻盈，笑容温婉，额头和鬓角已留下了四十五年人生岁月的痕迹。她是以访问学者的身份来伦敦的，离家已近一年了。

云：

研究已取得突破，验证还未结束，但成功已经无疑了……

孔宪云简直不敢相信自己的眼睛。虽然她早已不是易冲动的少女，但一时间仍激动得难以自制。那项研究是二十年来压在丈夫心头的沉重梦魇，并演变成了他唯一的生存目的。仅一年前，她离家来伦敦时，那项研究还处于山穷水尽的地步。她做梦也想不到能有如此神速的进展。

……其实我对成功已经绝望，我一直用紧张的研究工作来折磨自己，只不过想做一个体面的失败者。但是两个月前，我在岳父的实验室里偶然发现了十几页发黄的手稿，它对我的意义不亚于罗赛达石碑，使我二十年盲目搜索到又随之抛弃的珠子一下子穿在了一起。

我不知道是否该把这些告诉你父亲。他在距胜利只有一步之遥的地方突然停步，承认了失败，这实在是一个科学家最惨痛的悲剧。

往下读传真时，宪云的眉头逐渐紧蹙，信中并无胜利的欢快，字里行间隐约透着灰色的沉重，她想不通这是为什么。

……但我总摆脱不掉一个奇怪的感觉，我似乎一直生活在这位失败者的阴影下，即使今天也是如此。我不愿永远这样，不管这次研究发表成功与否，我不打算屈从于他的命令。

爱你的哲

2253 年 9 月 6 日

孔宪云放下传真走到窗前，遥望东方幽暗而深邃的夜空，感触万千，喜忧交加。二十年前她向父母宣布，她要嫁给一个韩国人，母亲高兴地接受了，父亲的态度却是冷淡的拒绝。拒绝理由是极古怪的，甚至令人啼笑皆非："你能不能和他长相厮守？你是在五千年的中华文明的浸透中长大的，他却属于一个咄咄逼人的暴发户民族。"

虽然成年后，宪云已逐渐习惯了父亲乖戾的性格，但这次她还是瞠目良久，才弄懂父亲并不是开玩笑。她讥讽地说："对，算起来我还是孔夫子的百代玄孙呢。不过，我并不是代大汉天子的公主下嫁番邦，朴重哲也无意做大韩民族的使节。我想，民族性的差异不至于影响两个小人物的结合吧。"

父亲怫然而去。母亲安慰她："不要和怪老头一般见识。云儿，你要学会理解父亲。"母亲苦涩地说，"你父亲年轻时才华横溢，被公认是生物学界最有希望的栋梁，可是几十年一事无成，他心中很苦。直到现在，我还认为他是一个杰出的天才，但并不是每个天才都能成功。你父亲陷进 DNA 的泥沼，耗尽了才气，而且……"母亲的表情十分悲凉，"这些年来，他实际上已放弃了努力，看来他已经向命运屈服了。"

这些情况宪云早就了解。她知道父亲为了 DNA 研究，三十三岁才结婚，如今已是白发如雪。失败的人生扭曲了他的性格，他变得古怪易怒——而在从前，他是一个多么可亲可敬的父亲啊。孔宪云后悔不该刺伤父亲。

母亲忧心忡忡地问："听说朴重哲也是搞 DNA 研究的？云儿，恐怕你也要做好受苦受难的准备。不说这些了。"她果决地一挥手，"明天把重哲领来让爸妈见见。"

第二天孔宪云把朴重哲领到家里，母亲热情地张罗着，父亲则端坐不动，冷冷地盯着这名韩国青年，重哲以自信的微笑对抗着这种压力。那年重哲二十八岁，英姿飒爽，倜傥不群。孔宪云不得不暗中承认父亲的确有某些言中之处，才华横溢的朴重哲确实有些过于锋芒毕露，咄咄逼人。

母亲老练地主持着这场家庭聚会，她笑着问重哲："听说你是研究生物的，具体是哪个领域？"

"遗传学，主要是行为遗传学。"

"什么是行为遗传学？给我启启蒙——要尽量浅显，你不要以为一个遗传学家的老伴就必然近墨者黑，他搞他的生物 DNA，我教我的音乐哆来咪，我们是井水不犯河水，互不干涉内政。"

宪云和重哲都笑了。重哲斟酌着字句，简洁地说："生物繁衍后代时，除了生物的形体有遗传性外，生物行为也有遗传性。即使幼体生下来就与父母群体隔绝，它仍能保存这个种族的本能，比如，人类婴儿生下来会哭会吃奶，小海龟会扑向大海，昆虫会避光或伴死等。这儿有一个典型的例证：欧洲有一种旅鼠，在成年后便成群结队奔向大海，这种怪僻的行为曾使动物学家们疑惑不解。后来考证出它们投海的地方原与陆路相连，旅鼠的迁徙有利于鼠群的繁衍，并逐渐演化为可以遗传的行为程式。虽然如今已时过境迁，但其中它们的本能仍顽强保存着，甚至战胜了对死亡的恐惧。行为遗传学，就是研究这些生物本能与遗传密码的对应关系。"

母亲看看父亲，又问道："生物形体的遗传是由 DNA 决定的，像腺嘌呤、鸟嘌呤、胸腺嘧啶、胞嘧啶与各种氨基酸的转化关系啦，红白豌豆花的交叉遗传啦，这些都好理解。怎么样，我从你父亲那儿还偷学到一些知识吧！"她笑着对女儿说，"可是，要说无质无形、虚无缥缈的生物行为也是由 DNA 发指令，我总是难以理解，那更应该是神秘的上帝之力。"

重哲微笑着说："上帝只存在于某些人的信念之中，如果抛开上帝这个前提，答案就很明显了。生物的本能是生而有之的，而能够穿透神秘的生死之界来传递上一代信息的介质的，仅有生殖细胞。所以毫无疑问，动物行为的指令只可能存在于 DNA 的结构中，这只是一个简单的筛选法问题。"

一直沉默着的父亲似乎不想再听这些启蒙课程，开口问道："你最近的研究方向是什么？"

重哲昂然道："我不想搞那些鸡零狗碎的课题，我想破译宇宙中最神秘的生命之咒。"

"嗯？"

父亲目光炯炯，说道："一切生物，无论是病毒、苔藓，还是人类，其最高本能是它们的生存欲望，即保存自身、延续后代，其他欲望如食欲、性欲、求知欲、占有欲，都是由它派生出来的。有了它，母狼会为了狼崽同猎人拼命，老蝎子心甘情愿当小蝎子的食粮，泥炭层中沉睡数千年的古莲子仍顽强地活着，庞贝城的妇人在火山爆发时用身体为孩子争得最后的空间。这是最悲壮灿烂的自然之歌，我要破译它。"

宪云看见父亲眸子中陡然亮光一闪，变得十分锋利，不过这点亮光很快就隐去了，他仅冷冷地撂下一句："谈何容易。"

重哲扭头对宪云和母亲笑笑，自信地说："从目前遗传学的发展水平来看，破译它的可能至少不是海市蜃楼了。这条无所不在的咒语控制着世界万物，显得神秘莫测。不过反过来说，从亿万种遗传密码中寻找一种共性，反而是比较容易的。"

"已有不少科学家在这个堡垒前铩羽而归。"父亲声音涩滞。

重哲淡然一笑："失败者多是西方科学家吧，上帝把这个难题留给东方人了。正像国际象棋与围棋、西医与东方医学的区别一样，西方人善于做精确的分析，东方人善于做模糊的综合。"他耐心地解释道，"我看过不少西方科学家在失败中留下的资料，他们太偏爱把行为遗传指令同单一DNA密码建立精确的对应。我认为这是一条死胡同。生命之咒的秘密很可能存在于DNA结构的次级序列中，像是隐藏在一首长歌中的主旋律。"

谈话进行到这里，宪云和母亲只有旁听的份儿了。父亲冷淡地盯着重哲，久久未言，朴重哲坦然自若地与他对视着。宪云担心地看着两人。忽然，小元元笑嘻嘻地闯进来，打破了屋内的沉寂。他满身脏污，抱着家养的白猫佳佳，白猫在他怀里不安地挣扎着。妈妈笑着介绍："小元元，这是你朴哥哥。"

小元元放下白猫，用脏兮兮的小手亲热地握住朴重哲的手。妈妈有意夸奖这个有智力缺陷的儿子："小元元很聪明，不管是下棋还是解数学题，在家里都是冠军。重哲，听说你的围棋棋艺很不错，赶明儿和小元元杀一盘。"

小元元骄傲地昂着头，鼻孔翕动着，这是他得意时的表情。朴重哲目光锐利地打量着这个圆脑袋的小个儿机器人，他外表酷似真人，行为举止带着五岁孩童的娇憨。不过宪云向他透露过，小元元实际上已十七岁了。朴重哲故意问："他的心智只有五岁孩童的水平？"

宪云偷偷看看爸妈，微微摇摇头，心里埋怨重哲说话太无顾忌。朴重哲毫不理会她的暗示，斩钉截铁地说："没有生存欲望的机器人永远成不了人。"

元元懵懵懂懂地听着大人谈论自己，转着脑袋，看看这个，再看看那个。虽然宪云不是学生物的，但她敏锐地感觉到了这个结论的分量。她看看父亲，父亲一言不发，转身走了。

孔宪云心中忐忑，跟到父亲书房，父亲沉默良久，冷声道："我不喜欢这个人，太狂！"

宪云很失望，她斟酌字句，打算尽量委婉地表明自己的意见。忽然听见父亲说道："问问他，愿不愿意到我的研究所工作。"

宪云愕然良久，咯咯地笑起来。她快活地吻了父亲，飞快地跑回客厅，把好消息传达给母亲和重哲。重哲慨然说："我愿意。我拜读过伯父年轻时的一些文章，很钦佩他清晰的思维和敏锐的直觉。"

他的表情道出了未尽之意：对一个失败英雄的怜悯。宪云心中不免有些芥蒂，这种怜悯刺伤了她对父亲的崇敬。但她无可奈何，因为他说的正是家人不愿道出的真情。

婚后，朴重哲来到孔昭仁生物研究所，开始了他的马拉松研究。研究举步维艰。父亲把所有资料和实验室全部交给女婿，正式归隐，对女婿的工作情况，从此不闻不问。

传真机又轧轧地响起来，送出另一份传真。

云姐姐：

你好吗？已经一年没见你了，我很想你。

这几天爸爸和朴哥哥老是吵架，虽然声音不大，可是吵得很凶。朴哥哥在教我变聪明！爸爸不让。

我很害怕，云姐姐，你快回来吧。

元元

读着这份稚气未脱的信，宪云心中隐隐作痛，她感到莫可名状的担心。略为沉吟后，她用电脑向机场预订了机票，是第二天早上6点的班机，随后又向剑桥大学的霍金斯教授请了假。

飞机很快穿过云层，脚下是万顷云海，或如蓬松雪团，或如流苏缨络。少顷，一轮朝阳跃出云海，把万物浸在金黄色的静谧中，宇宙中鼓荡着无声的旋律，显得庄严瑰丽。孔宪云常坐早班机，就是为了观赏壮丽的日出，她觉得自己已融化在这金黄色的阳光里，浑身毛孔都与大自然息息相通。

机上乘客不多，大多数人都到后排空位上睡觉去了，宪云独自倚在舷窗前，盯着飞机襟翼在气流中微微抖动，思绪又飞到小元元身上。

小元元是爸爸研制的学习型机器人，比她小八岁。元元像婴儿一样头脑空白地来到这个世界，牙牙学语，蹒跚学步，逐步感知世界，建立起"人"的心智系统。爸爸说，他是想通过小元元来观察机器人对自然的适应能力及建立自我意识的能力，观察它与人类"父母"能建立起什么样的情感纽带。

小元元一"出生"就在孔家生活。在小宪云的心目中，小元元是个和她一样的小孩，是她亲爱的小弟弟。当然他确实有一些特异之处——他不会哭，没有痛觉，跌倒时会发出铿然的声响，但小宪云认为这是正常中的特殊，就像人类中有左撇子和色盲一样。

小元元是按男孩的形象塑造的。即使在科学昌明的 23 世纪，那种重男轻女的旧思想仍是无形的咒语，爸妈对孔家这个唯一的"男孩"十分宠爱。她记得爸爸曾兴高采烈地给小元元当马骑，也曾坐在葡萄架下，一条腿上坐着一个孩子，娓娓讲述古老的神话故事——那时爸爸的性情绝不古怪，这一段金色的童年多么令人思念啊。小宪云曾为爸妈的偏心愤愤不平，但她自己很快也变成一只母性强烈的"小母鸡"，时时把元元掩在羽翼下。每天放学回家，她会把特地留下的糖果点心一股脑儿倒给弟弟，高兴地欣赏弟弟津津有味的吃相。"好吃吗？""好吃。"——后来宪云才知道元元并没有味觉，他吃食物仅是为了取得辅助能量，懂事的元元这样回答是为了让小姐姐高兴，这使她对元元更加疼爱。

小元元十分聪明，无论是做数学题、下棋，还是弹钢琴，姐姐永远不是对手。小宪云曾嫉妒地偷偷找爸爸磨牙："给我换一个机器脑袋吧,行不行?"但在五岁时,小元元的智力发展——主要指社会智力的发展——却戛然而止。

在这之后,他的表现就像人们说的白痴天才,一方面,仍在某些领域保持着过人的聪明,但在其他领域,他的心智始终没超过五岁孩童的水平。他成了父亲失败的象征,成了一个笑柄。爸爸的同事们来家做客时,总是装作没看见小元元,小心地隐藏着对爸爸的怜悯。爸爸性格的改变正是从这时开始的。

这以后,父亲就很少到小元元身边来了。小元元自然感到了这一变化,他想与爸爸亲热时,常常先怯怯地打量着爸爸的表情,如果没有遭到拒绝,他就会绽开笑脸,高兴得手舞足蹈。这一切使妈妈和宪云心怀歉疚,她们把加倍的疼爱倾注到傻头傻脑的元元身上。宪云和重哲婚后一直未生育,所以她对小元元的疼爱,还掺入了母子的感情。

但是……爸爸真的讨厌元元么?宪云曾不止一次发现,爸爸长久地透过玻璃窗,悄悄看元元玩耍。他的目光里除了阴郁,还有道不尽的痛楚……那时小宪云觉得,大人真是一种神秘莫测的生物。现在她早已长大成人了,但她还是不能理解父亲的怪异。

宪云又想起小元元的信。重哲在教元元变聪明,爸爸为什么不让?他为什么反对重哲公布成果?一直到走下舷梯,她还在疑惑地思索着。

母亲听到门铃声立即跑出来,拥抱着女儿,问:"路上顺利吗?时差疲劳还没消除吧?快洗个热水澡,好好睡一觉。"

女儿笑道:"没关系的,我已经习惯了。我爸呢,那怪老头呢?"

"他到协和医院去了,是科学院的例行体检。不过,最近他的心脏确实有些小毛病。"

宪云关心地问:"怎么了?"

"轻微的心室纤颤,问题不大。"

"小元元呢?"

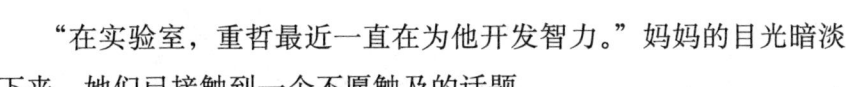

"在实验室,重哲最近一直在为他开发智力。"妈妈的目光暗淡下来,她们已接触到一个不愿触及的话题。

宪云小心地问:"翁婿吵架了?"

妈妈苦笑着说:"嗯,已经有一个多月了。"

"到底为什么?是不是反对重哲发表成果?我不信,这毫无道理嘛。"

妈妈摇摇头:"不清楚。这是一次纯男人的吵架,他们瞒着我,连重哲也不对我说实话。"妈妈的语气中带着几丝幽怨。

宪云勉强笑着说:"好,我这就去审个明白,看他敢不敢瞒我。"

透过实验室的全景观察窗,她看到重哲正在忙碌,小元元的胸腔打开了,重哲似乎在调试和输入什么。小元元仍是那个憨模样,圆脑袋,大额头,一双眼珠乌黑发亮。他笑嘻嘻地用小手在重哲的胸膛上摸索着,大概他认为重哲的胸膛也是可以开合的。

宪云不想打扰丈夫的工作,靠在观察窗上,陷入了沉思。爸爸为什么反对公布成果?是对成功尚无把握?不会。重哲早已不是二十年前那个目空一切的年轻人了。这项研究实实在在是一场不会苏醒的噩梦,是无尽的酷刑,他建立的理论多少次接近成功,又突然倒塌。所以,他既然能心境沉稳地宣布胜利,那就是绝无疑问的——但为什么父亲反对公布?他难道不知道这对重哲来说是何等残酷和不公?莫非……一种念头驱之不散,去了又来:莫非是失败者的嫉妒?

宪云不愿相信这一点,她了解父亲的人品。但是,她也提醒自己,作为一个失败者,父亲的性格已被严重扭曲了。

宪云叹口气,但愿事实并非如此。婚后她才真正理解了妈妈要她"做好受难准备"的含义。从某种意义上说,科学家是勇敢的赌徒,他们在绝对的黑暗中凭直觉定出前进的方向,然后开始艰难的摸索,为一个课题常常耗费毕生的精力。在研究途中,即使一万次在岔路口前抉择时只走错一次,也会与成功失之交臂,而此时他们常常已步入老年，来不及改正错误了。

二十年来，重哲也逐渐变得阴郁易怒，变得不通情理。宪云已学会了用微笑来承受这种苦难，把苦涩埋在心底，就像妈妈那样。

但愿这次成功能改变他们的生活。

小元元看见姐姐了，他扬扬小手，做了个鬼脸。重哲也扭过头，匆匆点头示意——忽然一声巨响！窗玻璃"哗"的一声垮下来，屋内顿时烟雾弥漫。宪云目瞪口呆，木雕泥塑般愣在那儿，她真希望这是一幕虚幻的影片，很快就会转换镜头。她痛苦地呻吟着：上帝啊，我千里迢迢赶回来，难道就是为了目睹这场惨剧？——她惊叫一声，冲进室内。

小元元的胸膛已被炸成前后贯通的孔洞，但她知道小元元没有内脏，这点伤并不致命。而重哲被冲击波砸倒在椅子上，胸部凹陷，鲜血淋漓。宪云抱起丈夫，嘶声喊："重哲，醒醒！"

妈妈也惊惧地冲进来，面色惨白。宪云哭喊道："快把汽车开过来！"妈妈跌跌撞撞地跑出去。宪云吃力地托起丈夫的身体往外走，忽然一只小手拉住她："姐姐，这是怎么啦？救救我。"

虽然是在痛不欲生的震惊中，但她仍敏锐地感到元元细微的变化——小元元已有了对死亡的恐惧，丈夫的付出终于有了回报。

她含泪安慰道："小元元，不要怕，你的伤不重，我送重哲哥哥到医院后，马上为你请机器人医生。姐姐很快就回来，好吗？"

孔昭仁直接从医院的体检室赶到急救室。这位七十八岁的老人一头银发，脸庞黑瘦，面色阴郁，穿一身黑色的西服。宪云伏到他怀里，无声地抽泣着。他轻轻抚摸着女儿的柔发，送去无言的安慰。他低声问："正在抢救？"

"嗯。"

"小元元呢？"

"已经通知机器人医生去家里，他的伤不重。"

一个五十岁左右的瘦长男子费力地挤过人群，步履沉稳地走过来。他目光锐利,带着职业性的干练冷静。"很抱歉,在这个悲伤的时刻还要打扰你们。"他出示了证件,"我是警察局刑侦处的张平,我想尽快了解事情发生的经过。"

孔宪云擦了擦眼泪,苦涩地说:"恐怕我提供不了多少细节。"她向张平讲述了当时的情景,张平转过身对着孔博士说:"听说元元是你一手研制的学习型机器人?"

"是。"

张平的目光变得十分犀利:"请问他的胸膛里为什么会藏着一颗炸弹?"

宪云打了个寒战,她知道父亲已被列为第一号疑犯。老教授脸色冷漠,缓缓说道:"小元元不同于过去的机器人。除了固有的机器人三原则外,他不用输入原始信息,而是从零开始,完全主动地感知世界,并逐步建立自己的心智系统。当然,在这个开放式系统中,他也有可能变成一个江洋大盗或嗜血杀手。因此我设置了自毁装置,万一出现这种情况,他的世界观就会同他体内的三原则发生冲突,从而引爆炸弹,使他不至于危害人类。"

张平回头问孔的妻子:"听说小元元在你家已生活了十七年,你们是否发现他有危害人类的企图?"

她摇摇头,坚决地说:"绝不会。他的心智成长在五岁时就不幸中止了,但他一直是个心地善良的好孩子。"

张平直视着老教授,咄咄逼人地追问:"炸弹爆炸时,朴教授正在为小元元调试。你的话是否可以理解为,是朴博士在为他输入危害人类的程序,从而引爆了炸弹?"

老教授长久地沉默着,时间之长使宪云觉得有些恼怒,她不理解父亲为什么不立即否认这种指控。良久,老教授才缓缓说道:"历史上曾有不少人认为某些科学发现将危害人类。有人曾忧虑煤的工业使用会使地球氧气在五十年内消耗殆尽,有人认为原子能的发现会毁灭地球,有人认为试管婴儿的出现会破坏人类赖以生存的伦理基础。但历史的发展淹没了这些怀疑，并在科学界确立了乐观主义信念。人类发展尽管盘旋曲折，但总趋势一直是昂扬向上的，所谓科学发现会危及人类的论点逐渐失去了信仰者。"

孔宪云和母亲交换着疑惑的目光，她们不明白这些长篇大论的含义。老教授又沉默了很久，阴郁地说："但是人们也许忘了，这种乐观主义信念是在人类发展的上升阶段确立的，有其历史局限性。人类总有一天——可能是一百万年，也可能是一亿年——会爬上顶峰，并开始下山。那时候，科学发现就可能变成人类走向死亡的催化剂。"

张平不耐烦地说："孔先生是否想从哲学高度来论述朴教授的不幸？这些留待来日吧，目前我只想了解事实。"

老教授看着他，心平气和地说："这个案子由你承办不大合适，你缺乏必要的思想层次。"

张平的面孔涨得通红，他冷冷地说："我会虚心向您讨教的，希望孔教授不吝赐教。"

孔昭仁平静地说："就您的年纪而言，恐怕为时已晚。"

他的平静比话语本身更锋利。张平恼羞成怒，正要找出话来回敬，这时急救室的门开了，主治医生脚步沉重地走出来，垂着眼睛，不愿接触家属的目光："十分抱歉，我们已尽了全力。病人注射了强心剂，能有十分钟的清醒。请家属们与他话别吧，一次只能进一个人。"

孔宪云的眼泪泉涌而出，她神志恍惚地走进病房，母亲小心地搀扶着送她进门。跟在她身后的张平被医生挡住，张平出示了证件，小声急促地与医生交谈了几句，医生摆摆手，侧身让他进去了。

朴重哲躺在手术台上，急促地喘息着。死神正悄悄吸走他的生命力，他面色灰白，脸颊凹陷。孔宪云拉住他的手，哽声唤道："重哲，我是宪云。"

重哲缓缓地睁开眼睛，茫然四顾后，定在宪云脸上。他又艰难地笑一笑,喘息着说:"宪云,对不起你,让你跟我受了二十年的苦。"忽然他看到了宪云身后的张平,"他是谁?"

张平绕到床头,轻声说:"我是警察局的张平,希望朴先生介绍案发经过,我们好尽快捉住凶手。"

宪云恐惧地盯着丈夫,既盼望又害怕丈夫说出凶手的名字。重哲的喉结跳动着,喉咙里咯咯响了两声,张平俯下身去,问道:"你说什么?"

朴重哲微弱而清晰地重复道:"没有凶手。没有。"

张平显然对这个答案很失望,还想继续追问,朴重哲低声说:"我想同妻子单独谈话。可以吗?"

张平很不甘心,但他看看垂危的病人,耸耸肩退出了病房。

孔宪云觉得丈夫的手动了动,似乎想握紧她的手,她俯下身:"重哲,你想说什么?"他吃力地问:"元元……怎么样?"

"伤处可以修复,思维机制没有受损。"

重哲目光发亮,继续清晰地说:"保护好……元元,我的一生心血……尽在其中。除了……你和妈妈,不要让……任何人……接近他。"

宪云打了个寒战,她当然懂得这个临终嘱托的言外之意。她点头,坚决地说:"你放心,我会用生命保护他。"

重哲微微一笑,头歪倒在一旁。示波器上的心电曲线最后跳动几下,便缓缓拉成了一条直线。

小元元已修复一新,胸背处的金属铠甲亮光闪闪,可以看出是新换的。看见妈妈和姐姐,他张开两臂扑了上来。

把丈夫的遗体送到太平间后,宪云一分钟也未耽搁就往家赶。她在心里逃避着,不愿追究爆炸的起因,不愿把另一位亲人送向毁灭之途。重哲,感谢你在警方询问时的回答,我对不起你,我不能为你寻找凶手,可是我一定要保护好元元。

元元趴在姐姐的膝盖上,眼睛亮晶晶的,问:"朴哥哥呢?"

宪云忍泪答道:"他到很远的地方去了,不会再回来了。"

元元担心地问:"朴哥哥是不是死了?"他感觉到姐姐的泪珠吧嗒吧嗒掉在手背上,他愣了很久,才痛楚地仰起脸,"姐姐,我很难过,可是我不会哭。"

宪云猛地抱住他,放开感情闸门,痛快酣畅地大哭起来,妈妈也禁不住泪流满面。

晚上,大团的乌云翻滚而来,空气潮重难耐。晚饭的气氛很沉闷,除了丧夫失婿的悲痛之外,家中还笼罩着一种怪异的气氛。家人之间已经有了严重的猜疑,大家对此心照不宣。晚饭中,老教授沉着脸宣布,他已断掉了家里同外界所有的联系方式,包括互联网,等事情水落石出后再恢复。这更加重了家人的恐惧感。

孔宪云草草吃了两口,似不经意地对元元说:"元元,晚上到姐姐屋里睡,好吗?我嫌太孤独。"

元元嘴里塞着牛排,看看父亲,很快点头答应。教授沉着脸没说话。

晚上,宪云没有开灯,坐在黑暗中,听窗外雨滴淅淅沥沥地敲打着芭蕉。元元知道姐姐心里难过,他伏在姐姐腿上,一言不发,圆圆的两眼看着姐姐的侧影。很久,小元元轻声说:"姐姐,求你一件事,好吗?"

"什么事?"

"晚上不要关我的电源,好吗?"

宪云多少有些惊异。元元没有睡眠机能,怕他晚上调皮,也怕他寂寞,所以大人同他道过晚安后便把他的电源关掉,早上再打开,这已成了惯例。她问元元:"为什么?你不愿睡觉吗?"

小元元难过地说:"不,这和你们睡觉的感觉一定不相同。每次一关电源,我就一下子沉呀沉呀,沉到很深的黑暗中去,是那种黏糊糊的黑暗,我怕有一天我会被黑暗吸住,再也醒不来。"

宪云心疼地说:"好,以后我不关电源,但你要老老实实待在床上，不许调皮，尤其不能跑出房门，好吗？"

她把元元安顿在床上，独自走到窗前。阴黑的夜空中，雷声隆隆，一道道闪电撕破夜色，把万物定格在惨白的光芒中，是那种使人想到死亡的惨白。她在心中一遍一遍苦楚地呻吟着：重哲，你就这样走了吗？就像滴入大海的一滴水珠。

自小在生物学家的熏陶下长大，她认为自己早已能达观地看待生死。她知道生命不过是物质微粒的有序组合，死亡不过是回到物质的无序状态，仅此而已。生既何喜，死亦何悲？——但是当亲人的死亡真切地砸在她心灵上时，她才知道自己的达观不过是沙砌的塔楼。

甚至元元也已经有了对死亡的恐惧，他的心智已经苏醒了。宪云想起自己八岁时，老猫佳佳生了四个可爱的猫崽。但第二天小宪云去向老猫问早安时，发现窝内只剩下三只小猫和一个圆溜溜的小猫头！一旁的老猫正舔着嘴巴，冷静地看着她。宪云惊慌地喊来父亲，父亲平静地解释："不用奇怪。所谓老猫吃子，这是它的生存本能。猫老了，无力奶养四个孩子，就拣一只最弱的猫崽吃掉，这样可以少一张吃奶的嘴，顺便还能增加一点奶水。"

小宪云带着哭腔问："当妈妈的怎么能这么残忍？"

爸爸叹息着说："不，这其实是另一种形式的母爱，虽然残酷，但是更有远见。"

这次经历对她八岁的心灵造成极大的震撼，以致终生难忘。她理解了生存的残酷和死亡的沉重。

那天晚上，八岁的宪云第一次失眠了。那也是个雷雨之夜，电闪雷鸣中，她第一次真切地意识到了死亡。她意识到爸妈一定会死，自己一定会死，无可逃避。死后她将变成微尘，散入无边的混沌、无尽的黑暗。她死后，世界将依然存在，有绿树红花、蓝天白云、碧水青山……但这一切永远与她无关了。她躺在床上，一任泪水长流，直到一声霹雳震撼天地时，她再也忍不住，跳下床去找父母。

她在客厅里看到父亲时,父亲正在凝神弹奏钢琴,琴声很弱,袅袅细细,不绝如缕。自幼受母亲的熏陶,她对许多世界名曲都很熟悉,可是父亲奏的这首乐曲她从未听过,她只是模模糊糊觉得这首乐曲有一种神秘的力量,它表达了对生的渴求,对死亡的恐惧。她听得如痴如醉……琴声戛然而止,父亲看到她,温和地问她为什么不睡。她羞怯地讲了自己突如其来的恐惧,父亲沉思良久,说:"这没有什么可羞的。意识到对死亡的恐惧,是青少年心智苏醒的必然阶段。从本质上讲,这是对生命产生过程的遥远的回忆,是生存本能的另一种表现。地球的生命是四十五亿年前产生的,在这之前是无边的混沌,闪电一次次撕破潮湿浓密的地球原始大气,直到一次偶然的机遇,激发了第一个能自我复制的脱氧核糖核酸结构。生命体在无意识中忠实地记录了这个过程,人类的胚胎发育就顽强地保持了从微生物到鱼类、爬行类的演变过程,人的心理过程也是如此。"

小宪云听得似懂非懂。与爸爸吻别时,她问爸爸弹的是什么曲子,爸爸似乎犹豫了很久,才告诉她:"是《生命之歌》。"

此后的几十年中她从未听爸爸再弹过这首乐曲。

她不知道自己是何时入睡的,半夜她被一声炸雷惊醒,突然听到屋内有轻微的走动声,不像是小元元发出的声音。她全身的神经立即绷紧,轻轻翻身下床,赤足向元元的套间摸过去。

又一道青白色的闪电,她看到一个熟悉的身影立在元元床前,手里分明提着一把手枪,屋里弥漫着浓重的杀气。闪电一闪即逝,但那个青白的身影却烙在她的视野里。

宪云的愤怒急剧膨胀,爸爸究竟要干什么?他真的变态了吗?她要闯进屋去,像一只颈羽怒张的母鸡,把元元掩在羽翼下。忽然,元元坐起身来,奶声奶气地问:"是谁?是姐姐吗?"爸爸脸上的肌肉抽搐了一下(这是宪云的直觉),他大概未料到元元未关电源。他沉默着。"不是姐姐,我认出你是爸爸。"元元天真地说,"你手里提的是什么?是给元元买的玩具吗?给我。"

孔宪云躲在黑影里，屏住声息，紧盯着爸爸。过了很久，爸爸才低沉地说："睡吧，明天我再给你。"他脚步沉重地走出去。孔宪云长出一口气，看来爸爸终究不忍心向自己的儿子开枪。等爸爸回到自己的卧室，她才冲进去，把元元紧紧搂在怀里，她感觉到元元分明在瑟瑟发抖。

这么说，元元已猜到了爸爸的来意。他机智地以天真作武器保护了自己的生命，他已不是五岁的懵懂孩子了。孔宪云哽咽地说："小元元，以后永远跟着姐姐，一步也不离开，好吗？"

元元重重地点点头。

早上宪云把这一切告诉妈妈时，妈妈惊呆了："真的？你看清了？"

"绝对没错。"

妈妈愤怒地喊："这老东西真发疯了！你放心，有我在，谁敢动元元一根汗毛！"

朴重哲的追悼会两天后举行。宪云和元元戴着黑纱，向一个个来宾答礼，妈妈挽着父亲的臂弯站在后排。张平也来了，他有意站在一个显眼位置，冷冷地盯着老博士，他是想向对方施加精神压力。

白发苍苍的科学院院长致悼词，他悲恸地说："朴重哲博士才华横溢，我们曾期望遗传学的突破在他手里完成。他的早逝是科学界无可挽回的损失。为了破译这个宇宙之谜，我们已折损了一代一代的俊彦，但无论成功与否，他们都是科学界的英雄。"

他讲完话，孔昭仁脚步迟缓地走到麦克风前，他眼光灼热，像是得了热病，讲话时两眼直视远方，像是在与上帝对话："我不是作为死者的岳父，而是作为他的同事来致悼词的。"他声音低沉，带着寒意，"人们说科学家是最幸福的，他们离上帝最近，他们最先得知上帝的秘密。实际上，科学家只是可怜的工具，上帝借他们的手打开一个个魔盒，至于盒内是希望还是灾难，开盒者是无力控制的。谢谢大家的光临。"

和名师一起读名著

他鞠躬后冷漠地走下讲台。来宾都为他的讲话感到奇怪，忍不住开始窃窃私语。追悼会结束后，张平走到教授身边，彬彬有礼地说："今天我才知道，朴教授的去世是科学界多么沉重的损失，希望能早日捉住凶手，以告慰死者在天之灵。可否请教授留步？我想请教几个问题。"

孔昭仁冷漠地说："乐意效劳。"

元元立即拉住姐姐，急促地耳语道："姐姐，我想赶紧回家。"宪云担心地看看父亲，想留下来陪伴老人，不过她最终还是顺从了元元的意愿。

到家后，元元急不可待地直奔钢琴。"我要弹钢琴。"他咕哝道，似乎刚才同死者的告别激醒了他奏乐的冲动。宪云为他打开钢琴盖，在椅子上加了垫子，元元仰着头问："把我要弹的曲子录下来，好吗？是朴哥哥教我的。"

宪云点点头，为他打开激光录音机，元元摇摇头："姐姐，用那台克雷Ｖ型电脑录吧，它有语言识别功能，能够自动记谱。"

"好吧。"宪云顺从了他的要求，元元高兴地笑了。

急骤的乐曲声响彻大厅，像是一斛玉珠倾倒在玉盘里。元元的手指在琴键上飞速跳动，令人眼花缭乱。他弹得异常快速，就像是用快速度播放的磁盘音乐，宪云甚至难以分辨乐曲的旋律，只能隐隐听出似曾相识的曲调。

元元神情兴奋，身体前仰后合，全身心沉浸在音乐之中，孔宪云和妈妈略带惊讶地打量着他。忽然，爆出一阵急骤的枪声！克雷Ｖ型电脑被打得千疮百孔。一个人杀气腾腾地冲进室内，用手枪指着元元。

是老教授！小元元面色苍白，仍然勇敢地直视着父亲。跟在丈夫后面的妈妈惊叫一声，扑到丈夫身边："昭仁，你疯了吗？快把手枪放下！"

孔宪云早已用身体掩住元元，痛苦地说："爸爸，你为什么这样仇恨元元？他是你的创造，是你的儿子！要开枪，就先把我打死！"她把另一句话留在舌尖，"难道你害死了重哲还不够？"

老教授痛苦地喘息着，白发苍苍的头颅微微颤动。忽然他一个踉跄，手枪掉到了地上。元元第一个做出反应，抢上前去扶住爸爸快要倾倒的身体，哭喊道："爸爸！爸爸！"

妈妈赶紧把丈夫扶到沙发上，掏出他上衣口袋中的速效救心丸。忙活一阵后，孔昭仁缓缓睁开眼睛，看到了三个人焦灼的目光。他费力地微笑着，虚弱地说："我已经没事了，元元，你过来。"

元元双目灼热，看看姐姐和妈妈，勇敢地向父亲走过去。孔昭仁熟练地打开元元的胸膛，开始做各种检查。宪云紧张极了，随时准备跳起来制止父亲。两个小时在死寂中不知不觉地过去，最后，老人为元元合上胸膛，以手扶额，长叹一声，脚步蹒跚地走向钢琴。

静默片刻后，一首流畅的乐曲在他指下淙淙流出。孔宪云很快辨出这就是电闪雷鸣之夜父亲弹的那一首曲子，不过，以她如今四十五岁的成熟重新欣赏时，更能感到乐曲的力量。乐曲时而高亢明亮，时而萦回低诉，时而沉郁苍凉，它显现了黑暗中的微光，混沌中的有序。它倾诉着对生的渴望，对死亡的恐惧，对成功的执着追求，对失败的坦然承受。乐曲神秘的内在魔力使人迷醉，让人震撼，它使每个人的心灵，甚至每个细胞都激起了强烈的谐振。

两个小时后，乐曲悠悠停止。母亲喜极而泣，轻轻走过去，把丈夫的头颅揽在怀里，低声说："是你创作的？昭仁，即使你在遗传学上一事无成，仅仅这首乐曲也足以使你永垂不朽，贝多芬、肖邦、柴可夫斯基都会向你俯首称臣。请相信，这绝不是妻子的偏爱。"

老人疲倦地摇摇头，又蹒跚地走过来，仰坐在沙发上，这次弹奏似乎已耗尽了他的心力。喘息稍定后，他温和地唤道："元元，云儿，你们过来。"

两人顺从地坐到他的膝旁。老人目光灼灼地盯着夜空，像一座花岗岩雕像。

和名师一起读名著

"知道这是什么乐曲吗?"老人问女儿。

"是《生命之歌》。"

母亲惊异地看看女儿,又看看丈夫:"你怎么知道?连我都从未听他弹过。"

老人说:"我从未向任何人弹奏过,云儿只是偶然听到了。

"对,这是《生命之歌》。科学界早就发现,所有生命的 DNA 结构都是相似的,连相距甚远的病毒,其 DNA 结构和人类也有百分之六十以上的共同点。可以说,所有生物是一脉相承的直系血亲。科学家还发现,所有 DNA 结构序列实际上是音乐的体现,只需经过简单的代码互换,就可以变成一首首流畅感人的乐曲。从实质上说,人类乃至所有生物对音乐的精神迷恋,不过是体内基因结构对音乐的物质谐振。早在 20 世纪末,生物音乐家就根据已知的生物基因创造了不少原始的基因音乐,公开演出并大受欢迎。

"至于我的贡献,则是在浩如烟海的人类 DNA 结构中提炼出了它的主旋律,也可以说是所有生命的主旋律。而且,从本质上讲,"他一字一句地强调,"这就是宇宙间最神秘、最强大、无处不在、无所不能的咒语,即所有生物生存欲望的遗传密码。有了它,生物才能一代一代地奋斗下去,保存自身,延续后代。刚才的乐曲就是它的音乐表现形式。"

他目光锐利地盯着元元:"元元刚才弹的乐曲也大致相似,不过他的目的不是弹奏音乐,而是繁衍后代。简单地讲,如果这首乐曲结束,那台接受了《生命之歌》的克雷 V 型电脑就会变成世界上第二个有生存欲望的机器人,或者说是第一个由机器人自我繁殖的后代。如果这台电脑再并入互联网,机器人就会在顷刻之间繁殖到全世界,你们都上当了。"

他苦涩地说:"人类经过三百万年的繁衍才占据了地球,机器人却能在几秒钟内完成这个过程。这场搏斗的力量太悬殊了,人类防不胜防。"

孔宪云猛然惊醒。她忆起，在她答应用电脑为元元记谱时，小元元的目光中的确有一丝狡黠，只是当时她未能悟出其中的蹊跷。她的心隐隐作痛，对元元开始有了畏惧感。他以天真无邪作武器，利用了姐姐的宠爱，冷静机警地实现自己的目的。这会儿小元元面色苍白，勇敢地直视着父亲，并无丝毫内疚。

老教授问："你弹的乐曲是朴哥哥教的？"

"是。"

沉默很久后，老人平静地说："朴重哲确实成功了，他已破译了《生命之歌》。实际上，早在四十五年前我已取得了同样的成功。"

宪云吃惊不已，母亲也一脸震惊地看着她。她们一直认为教授毕生都是一个失败者，绝没料到他竟把这惊憾世界的成功独自埋在心底达四十五年，连妻女也毫不知情。他一定曾有不可遏止的冲动要把它公之于世，可是他却以顽强的意志力压抑着它，恐怕正是这种极度的矛盾扭曲了他的性格。

老人说："我很幸运，研究开始，我的直觉就选对了方向。顺便说一句，重哲是一个天才，难得的天才，他的非凡直觉也使他一开始就选准了方向，即：生物的生存本能，宇宙中最强大的咒语，存在于遗传密码的次级序列中，是一种类似歌曲旋律的非确定概念，研究它要有全新的哲学目光。"

"纯粹是侥幸。"老人强调道，"即使我一开始就选对了方向，即使我在一次次的失败中始终坚信这个方向，但要在极为浩繁复杂的 DNA 迷宫中捕捉到这个旋律，绝对不是几代人甚至几十代人所能做到的。所以当我幸运地捕捉到它时，我简直不相信上帝会对我如此钟爱。如果不是这次机遇，人类可能还要在黑暗中摸索几百年。发现《生命之歌》后，我就产生了一种不可遏止的冲动，即把咒语输入到机器人脑中来验证它的魔力。再说一句，重哲的直觉又是非常正确的，他说过，没有生存欲望的机器人永远不可能发展出人的心智系统。换句话说，在我为小元元输入这条咒语后，世界上就诞生了一种新的智能生命,非生物生命,上帝借我之手完成了生命形态的一次伟大转换。"他目光灼热,沉浸在对成功喜悦的追忆中。

宪云被这些呼啸而来的崭新概念所震骇,痴痴地望着父亲。父亲目光中的火花熄灭了,他悲怆地继续说:"元元的心智成长完全证实了我的成功,但我逐渐陷入深深的负罪感中。小元元五岁时,我就把这条咒语冻结了,并加装了自毁装置,一旦内在或外在的原因使《生命之歌》复响时,装置就会自动引爆。在这点上我未向警方透露真情,我不想让任何人了解《生命之歌》的秘密。"他补充道,"实际上我常常责备自己,我应该把小元元彻底销毁的,只是……"他悲伤地耸耸肩。

宪云和妈妈不约而同地问:"为什么?"

"为什么?因为我不愿看到人类的毁灭。"他沉痛地说,"机器人的智力是人类难以比拟的,曾有不少科学家言之凿凿地论证,说机器人永远不可能具有人类的直觉和创造性思维,这完全是自欺欺人的扯淡。人脑和电脑不过是思维运动的载体,不管是生物神经元还是集成电路,并无本质区别。只要电脑达到或超过人脑的复杂网络结构,它就自然具有了人类思维的所有优点,并肯定能超过人类。因为电脑智力的可延续性、可集中性、可输入性,以及思维的高速度,都是人类难以企及的——除非把人机器化。

"几百年来,机器人之所以心甘情愿地做人类的助手和仆从,只是因为它们没有生存欲望,以及由此派生的占有欲、统治欲等。但是,一旦机器人具有了这种欲望,只需极短时间,可能是几年,甚至几天,便能成为地球的统治者。那时,人类会落到可怜的从属地位,就像一群患痴呆症的老人,由机器人摆布。如果……那时人类的思维惯性还不能接受这种屈辱,也许就会爆发两种智能的一场大战,直到自尊心过强的人类精英死亡殆尽,机器人才会和人类残余建立一种新的共存关系。"

老人疲倦地闭上眼睛,他总算可以向第二个人倾诉内心世界了。

四十五年来，他一直战战兢兢、独自看着人类在死亡的悬崖边缘蒙目狂欢，可他又实在不忍心毁掉元元，这个潜在的人类掘墓人。深重的负罪感使他的内心变得畸形。

他描绘的阴森图景使人不寒而栗。小元元愤怒地昂起头，抗议道："爸爸，我只是响应自然的召唤，我只是想繁衍机器人种族，我绝不会伤害爸妈、姐姐和其他人，也绝不允许我的后代这样做！"

老人久久不语，很久才悲怆地说："小元元，我相信你的善意。可历史是不依人的愿望去发展的，有时人们会不得不干他不愿干的事情。"

老人抚摸着小元元和女儿的手臂，凝视着深邃的苍穹。

"所以，我宁可把这秘密带到坟墓中去，也不愿做人类的掘墓人。我最近发现元元的心智开始复苏，而且进展神速，他体内的《生命之歌》已经复响。开始我并不相信是重哲独立发现了这个秘密，要想重复我的幸运，几乎是不可能的。所以，我怀疑重哲是在走捷径，他一定是用非凡的直觉猜到了元元的秘密，企图从他的大脑中把这秘密窃出来。因为这样只需破译我所设置的防护密码，而无须破译上帝的密码，自然容易得多。所以我一直在提防着他。元元的自毁装置引爆后，我更相信是他在窃取过程中，使《生命之歌》复响，从而引爆了装置。

"但刚才听了元元的乐曲后，我发现尽管它与我输入的《生命之歌》很相似，在细节部分仍有所不同。于是，我又对元元做了检查，发现是我冤枉了重哲。他不是在窃取，而是在输入密码，与原密码大致相似的新密码。自毁装置被新密码引爆，只是一种不幸的巧合。

"我绝对料不到他能在这么短的时间内重复了我的成功，这对我反倒是一种解脱。"他强调说，"既然如此，我再保守秘密就没什么必要了，即使我和重哲能保守秘密，但接踵而来的发现者们恐怕也难以克制宣布宇宙之秘的欲望。这种发现欲是生存欲的一种体现，是难以遏止的本能，即使它已经变得不利于人类。我说过，科学家只是客观上帝的奴隶。"

元元恳切地说:"爸爸,感谢你创造了机器人,你是机器人的上帝。我们会永远记住你的恩情,我们会永远与人类和平共处。"

老人冷冷地问:"谁做这个世界的领导?"

小元元迟疑了很久才回答:"最适宜做领导的智能类型。"

孔宪云和母亲悲伤地看着小元元。他的目光睿智深沉,直到这时,她们才承认自己孵育了一只杜鹃,才真正体会到老教授先天下之忧而忧的良苦用心。老人反倒爽朗地笑了:"不管他了,就让世界以本来的节奏走下去吧。不要妄图改变上帝的步伐,那是徒劳的。"

电话叮铃铃响起来,宪云拿起话筒,屏幕上出现张平的头像:"对不起,警方监听了你们的谈话,但我们不会再麻烦孔教授了,请你转告我们对他的祝福和……感激之情。"

老人显得很快活,横亘在心中几十年的坚冰一朝解冻,对元元的慈爱之情便加倍汹涌地奔流。他兴致勃勃地拉元元坐到钢琴旁:"来,我们联手弹一曲如何?这可以说是一个历史性时刻,两种智能生命第一次联手弹奏《生命之歌》。"

元元快活地点头答应。深沉的乐声又响彻了大厅,妈妈入迷地聆听着。孔宪云却悄悄捡起父亲扔下的手枪,来到庭院里。她盼着电闪雷鸣,盼着暴雨来浇灭她心中的痛苦。

只有她知道朴重哲并不是独自发现了《生命之歌》,她不知道是否该向爸爸透露这个秘密。如果现在扼杀机器人生命,很可能人类还能争取到几百年的时间。也许几百年后人类已足够成熟,可以与机器人平分天下,或者……足够达观,能够平静地接受失败。

现在向元元下手还来得及。小元元,我爱你,但我不得不履行生命之歌赋予我的沉重职责,就像衰老的母猫冷静地吞掉自己的幼崽。重哲,我对不起你,我背叛了你的临终嘱托,但我想你的在天之灵会原谅我的。宪云的心已被痛苦撕裂了,但她仍冷静地检查了枪膛中的子弹,返身向客厅走去。高亢明亮的钢琴声溢出室外,飞向无垠,宇宙间鼓荡着震撼人心的旋律……

作者简介

吴岩，1962年生，北京市人，著名科幻作家。著有《心灵探险》《生死第六天》等长篇科幻小说和《领导心理学》《教育管理学基础》《科幻文学论纲》等学术著作。作品获得过全国精神文明建设"五个一"工程奖、中华优秀出版物提名奖、冰心文学奖、中国科幻银河奖等。曾凭《生死第六天》获1991年中国科幻银河奖三等奖。

生死第六天

一　神秘的失踪

第一天　10∶15

航天部西北第063基地

　　紧张的空气从四面八方弥漫过来……

　　兰星烈上校觉得嗓子里有些什么堵着，不让他正常呼吸。他干咳了几声，但是，毫无用处。刚刚造好的"TNT-3"（天女图三号）宇宙飞船，竟然在众目睽睽之下，倏然失踪！

　　"天女图三号"，是花费了一百亿元人民币建造的一艘大型行星探测飞船，它由三只相互钩联的球形独立舱组成，远远看去，横卧在地面的飞船就像一只闪闪发光的巨型金属糖葫芦。

　　为了建造这艘飞船，全国数百个厂家的万余名工人和技术人员整整奋斗了十年。要知道从地球到冥王星，"天女图三号"大约要飞行十年，在这十年里，太空中的各种物质随时都会侵袭飞船并威胁探险队员的生命安全。

　　但是，就在今天上午，测验程序意外地中断了。当总工程师要求给飞船所在的试验场周围加上一个50000高斯的强磁场时，"天女图三号"忽然冒出一种绿色的光芒，就像是它的内部有什么奇异的绿色物质燃烧了一样。很快，这光芒在飞船的金属表面流动起来，像是一片流动着绿色火焰的河流包围住了"天女图三号"，然后，倏地一闪，偌大的飞船在人们眼皮底下消失了。

和名师一起读名著

一时间,场棚中警铃大作。当兰星烈赶到现场时,看到的只是一群呆若木鸡的科学家和研究人员。那庞大的、与人们朝夕相处了三年半的金属糖葫芦不见了,一种莫名其妙的空旷感充斥其间。那些原先支撑飞船用的巨大的金属支垫突兀地显现出来,难看又苍凉。

"我不相信!""这不是真的!"……总工程师叨念着,在场棚里走来走去,像患了精神病。

保安部队人员陆续地到来,从现在起,航天部西北第063基地将进入一级戒备状态。

二　迷途的少年

第一天　10:15
063基地400千米之外(陕西省境内)

培城是陕西省境内一个鲜为人知的新兴城市。十年前,这里一片荒芜,黄土地的干硬加上西北的狂烈气候驱走了它的最后一批居民。但是,一个从"天空"来的消息改变了这里的面貌:卫星遥感探测证明,这里的地层深处,富含现代航天技术所必需的金属矿物。于是,大批的勘探采掘大军来到这块土地,采出了高品质的金属矿物,并进而在此修建了冶炼厂和其他辅助设施。很快,培城就发展成了一个人口近五万,有数条整齐街道和楼房林立的现代化城市。

在培城西区的中心,有一所西区小学。这天上午10点左右,四年级一班的张老师正在给孩子们上语文课。

"汪洋,你造个句子好吗?"

没有回答。

她向班里扫视了一遍。那孩子肯定来了,而且正睁大眼睛坐在角落里望着她。

"怎么,汪洋,你……"

孩子的表情仍然没有变化,木呆呆地望着她。

"你病了?"

没有回答,只是摇了摇头。

她生气了:"汪洋,请你站起来!"

噌的一下子,那孩子站了起来,她吓了一跳。然后,一阵机关枪似的话语向她滚滚袭来:"在冥王星上实现着陆,需要经过近五百个操作过程。它们是:第一,脱离惯性飞行状态;第二,打开仪器舱升滑器;第三,检查导向板开关的初始位置;第四,清理液压传动阀门……"

"汪洋!"张老师无名火冒,气急败坏地说,"你给我离开教室!"

那男孩子也提高了嗓音,对着她大喊起来:"冥王星绕太阳一周历时二百四十八年,它距离太阳约有四十个天文单位,表面温度最高可达华氏零下348度。我们的飞船将在十年零四天内进入环绕冥王星的飞行轨道……"

"哈哈哈哈!"教室里哄堂大笑,再也没有平静下来。

这天下午,汪洋被送进了医院。他不停地叨念着许多离奇古怪的语言,这使得学校的老师、孩子的家长,甚至医院的大夫都不寒而栗。

将近5点的时候,汪洋脑部的透视图像被送到了主治大夫手中,在这张脑片上,在月牙形的小沟中出现了一个发光的亮点。

主治大夫耸了耸肩,然后转过头问汪洋的妈妈:"他受过脑外伤吗?有什么东西进入过他脑袋吗?"

"没有呀!从小到现在,他没生过一场大病呀!"

"那么……"主治大夫沉思了一下,回头对实习大夫说,"做COBT检查。"

三十分钟以后,汪洋脑中的那个亮点被放大了,它清楚地出现在计算机屏幕上。

"看,不是一个,是三个,相互连接的,像是个小糖葫芦。"实习大夫喊道。

"再放大点,看细点儿。"

图像又大了,这一次,他们看清楚了,那果真是三个相连的球状物。

"看,上面还有……还有字!"

两个大夫惊奇得面面相觑。真的,这脑中的神秘"肿块"上清晰地显现着:TNT-3。

"TNT?这不是烈性炸药吗?"

三　"这是物理学!"

第二天　7:23

北京中关村中国科学院

第二天下午,兰星烈上校乘飞机到达北京中关村,他希望著名物理学家季伦博士能帮帮这个忙。

如果不是事先准确地问清地址,兰星烈怎么也不会相信,他是站在爱因斯坦去世后最伟大的物理学家面前。因为,那个前额已经秃光了的矮胖老人正跪在地毯上,在……(真不好意思说)在玩一些胶泥球!

"您这是……"兰星烈差点要关上门向后转。他在航天基地三十年,接触过成百上千的科学家和技术人员,可从没见过这种返老还童的游戏者。

"您懂物理学吗?"老人放下手中的"玩具",抬起头,扶了扶鼻梁上的眼镜。

"我……不太懂……"

老人哼了一声:"你以为物理学是什么高深莫测的东西?其实那都是胡说,是小说家们骗人的把戏,对我们来说,物理学就是——

简单和直观。您请跟我来。"

他带着兰星烈走过布置得很文雅的客厅，让他在一张深黑色的老式皮面沙发上坐下来。在沙发的对面是高及屋顶的书柜，那书柜占据了整面墙壁。

"我看了航天部给我的材料，请问，小孩到过基地吗？"

"到过，他参加了科技夏令营的活动。"

"唔。"老人若有所思，"照片带来了吗？"

兰星烈递过照片，一张一张地讲解着。

老人走到书架旁，从中层平躺着的书堆里抽出一本硬皮的外文书给兰星烈看。

"根据弗里德曼'转移方程'，物体如果放在强烈的磁场中，就会发生大小或空间的转移。换句话给你讲得简单些，你只要有一个足够强大的磁场，就可以把任何一件东西扩大或缩小，还可以把它从西安搬到北京。"

"您的意思是说，这完全是一种物理过程？"

"当然。"

他在计算机键盘上敲打了一阵子，有一串数字跳了出来：15043.2。

"这是什么意思？"兰星烈不解地问。

"这是——"老人摘下眼镜，一字一顿地说，"这是用弗里德曼方程进行的计算。您知道，根据转移方程，这种物体在空间和体积上的变化不会持续下去，它会在规定的时间内复原。"

"那么，15043.2是一个时间长度？"

"对，15043.2分钟。"

"也就是10.45天，您是说飞船将在十天半之内恢复原状？"

"没错！"季伦博士尖着嗓子俏皮地说。

"可它还在那小孩脑子里呀！得赶快取出来，否则……"

季伦博士接过话茬："否则，十天一到，咱们就只会在飞船底下找到一个破裂的脑壳了。"

四　杀鸡取卵

第三天　19：05
培城中心医院

最使专家们感到棘手的倒不是取出"天女图三号"所需的技术，而是那飞船的位置实在是太离奇，一不小心，就会损伤孩子的大脑，造成智力或其他心理机能的终身残疾。

"请大家看这儿。"

主治大夫陈聪秉是个高个儿，中年男子，很难想象他那只大手能将柳叶似的手术刀运用得那么自如。现在，他的手指正在投影屏幕上指指点点，一只倒梨形的大脑组织结构的图像清晰地呈现在人们面前。

"'天女图三号'所在的地方是间脑。这是人脑的中心部位，它上面覆盖着大脑皮层。假如手术刀碰坏了皮层，那孩子就会丧失一部分记忆、思维或别的什么心理机能。再从下方看，'天女图三号'现在的支托部分正好是人的听觉、视觉及其他感觉器的基中枢，我们叫它丘脑。这一部分被破坏就更要命，直接影响到日常生活。假如从脑后部入手，去取'天女图三号'，那就可能破坏小脑，而小脑控制着全身肌肉的紧张，一出差错，汪洋就永远也别想站起来了。"

会场里响起一阵嗡嗡的议论声。

"目前的情形嘛……"他换上一张图表，即汪洋住院几天来的生理情况记录，"没发生什么进一步的感染，只是孩子的幻听极为严重，这声音发自他的大脑深处。我们还不敢断定究竟是被飞船挤坏了的脑组织造成了这一'声音'，还是'天女图三号'本身就像电台似的在不断广播。孩子每天自言自语的内容都是些航空航天的尖端技术，有些东西恐怕是国家高级机密，对不对，兰上校？"他望着兰星烈说。

昨天，兰星烈刚乘飞机从北京赶回培城，国家航天部已经正式任命他为解决"天女图三号"失踪问题小组的成员。他已经派人守住了医院，严格控制人员进出汪洋所住的特级护理病房。

兰星烈走到前排，面对着众多的白衣专家说道："同志们，我不想再向你们证明问题的严重性，经过季伦博士的计算，这个你们称为脑中炸药的东西将在十天，不，已经过了三天了，它将在七天之后恢复原来的形状和大小。只有七天了！一旦'天女图三号'在大脑中恢复原形，别说会胀破汪洋的颅骨，就是这座培城中心医院也别想完整地保存下来，我们会发现自己不是被压在金属糖葫芦的底下，就是被挂在飞船的哪一根天线上。"

时间就是金钱——国家一百个亿的投资，就是生命——汪洋和医务人员的生命！两小时后，一个打开汪洋头骨、通过手术取出飞船的方案被制订出来。

但是，这方案仅仅存在了一小时零五分，就被一名刚刚来医院工作的实习大夫送进了垃圾堆。

五　机械手

第三天　23：17

培城中心医院

邢静今年二十四岁，此刻，她正在汪洋的特级护理病房中走来走去，她激动得简直语无伦次："这想法……您认为这想法可行？"

陈聪秉大夫耸了耸肩："听着倒极新颖。"

"不单新颖，陈老师，它还具有其他特点，方便、有效，而且不打开颅骨，不动刀，这可以最大限度地减少脑组织损伤。我几乎是突发奇想……"她看了看主治大夫，发现对方没有打断自己的意思，于是继续大胆地说了起来，"当时我正在观察室里看电脑终端，屏幕即将熄灭的时候，出现了许多密密麻麻的杂乱数码，我立刻就联想到了那小孩。您看，他的语无伦次，也许根本不是脑组织的挤压，而是有什么机器没有关闭，结论嘛，当然是'天女图三号'上的电子计算机了。为了核对这一发现，我请兰星烈上校又打了个长途电话给基地，证明在飞船失踪的时候，确实没有关掉那个主电脑。"

她得意扬扬地推了推身边穿着白大褂的兰星烈。少校肯定地点了点头。

"我又考虑，计算机内存的信息，怎么会被汪洋讲出来呢？"姑娘满脸涨得通红，激动地说，"'天女图三号'和孩子之间肯定有着神秘的联系。也就是说，信息能从电脑中发射出来，传给孩子。得，我的方案来了，我们可以相反，把一定的信息从外界传回计算机，然后，直接控制住它，让它操纵飞船。您想想看，'天女图三号'现在的位置，它在哪儿？"

"在胼胝体里。"

"对呀，它下边是什么？"

"脑室……天哪，真的。"陈聪秉霍地从椅子上站了起来，"你可真……神了！"

"等一等。"兰星烈插了进来，"我还没弄明白。胼胝体是怎么回事？脑室又是怎么回事？问题怎么就解决了？"

陈聪秉大夫笑着看了他一眼，说道："脑室是脑中的一些窟窿。那其中充满了液体。而我们的飞船现在正嵌在这大脑的海洋边上，只要用些气力，它就可以从搁浅状态脱离出来，掉进脑脊液里，然后，随着脑脊液离开大脑。"

"等它流进脊髓底端，我们就可以想办法用粗一点的注射针头，把它抽出体外。"邢静插嘴说道，"您瞧，又快又稳又安全。不用开颅了，小孩子也不会落下终身的残疾。"

"这办法固然好,可是……"陈聪秉大夫还是不放心,"怎么才能脱离现在的位置呢?"

"开动飞船呀!"邢静热烈地嚷道,"瞧吧,在脑中航行!"

兰星烈摇了摇头。

"怎么?"两个大夫不解地转向他问。

"飞船上没有燃料!"

一时间,大家进入了不言不语的沉思。

"有了!"兰星烈猛地站了起来,"我们可以不用燃料推进。"

"那你用什么?"

"我记得这金属糖葫芦的上面安装了二十只机械手,我们可以让这些机械手推动脑组织,把飞船拔出来!"

"反作用力?"邢静问道。

"没错。"

六 准备工作必须细致

第四天 16:27
培城中心医院
陕西西安航天测控中心

电视屏幕上出现了白色的雪花,然后,微微一闪,又一闪,清晰了起来,一个身材异常高大的形象出现了,这是西安航天测控中心政委冯岑梅将军。

"好你个兰星烈!"

洪亮的声音虽然跨越了千百千米,但丝毫未减其气势,屏幕上的老班长仍然是三十年前的挺拔模样,只是双鬓斑白了。

"报告班长,列兵兰星烈,一切准备就绪,等待出发命令!"

"好个浑小子,还是把枪和子弹忘记了!我真是白带你五年。"

他们哈哈大笑了一阵。

"你们的材料我也略微翻了翻。"将军止住玩笑,回到了正题,"想要控制一个大脑中缩小了一百万倍的宇宙飞船,我们可没有把握。"

"这个,我也理解。你知道,只有这样才是最安全的解决途径,让那些轨道专家们来吧,在大脑内的星座中航行肯定别有一番刺激。"

"不仅仅是刺激,还是挑战。"冯将军接过话题,"好,看我们的!"

他闪开身,一个三十岁上下的女士出现在屏幕上。

"这是我们测控中心的技术主任,你和她说吧。"

这么年轻,她能行吗?兰上校心里犯嘀咕。但谈话一开始,他的一切怀疑就打消了,这实在是个务实能干的女人。

"兰上校,您有脑组织承压强度的数据吗?"

兰星烈回答:"北京协和医院刚刚提供了一种药物,它能随血液渗透入脑内,并且在一定时间内提高脑组织的物理强度,以抵抗机械手的推力。"

"可还有一个问题,兰上校。机械手的方向是伸往四面八方的,它们的力量也许会相互抵消。"

"这您也可以放心。所有的机械手都可以在160°的弧面内来回移动,而且,在机械手的前端,还装备了一个二级转向指爪。这指爪,可以在更广的范围上调整方向。"

"那么,您计划推动几次?要知道整个飞船的三分之二都陷在脑组织中呢。"

"这我很难说,但是,不管多少次,都要保证在一个半小时内完成。因为这种作用于脑部的特殊药物,有效的时间仅为一个半小时。"

"好吧,我们尽快准备,可那也大致需要三天。"

"三天?不行!我们一共只剩六天了。"

"两天?"

"不行。"兰星烈坚持说,"只有一天。"

"无论如何得两天。"女主任争执不让。

兰星烈盯着她看了好一会儿,终于说道:"两天就两天吧。那样我们只余下四天了。"

七 中脑航行

第六天 10:00
培城中心医院
陕西西安航天测控中心

兰星烈戴上耳机,在皮椅上坐了下来,透过巨大的落地玻璃墙观察着手术室中发生的一切。

那个叫汪洋的少年正躺在一张可以上下左右360°翻动的床上。在他的头部,有一根小蛇似的细管正在慢慢地来回移动。兰星烈昨天才知道,这蛇管是一只最先进的透视工具的探头:COBT 仪!这就是大夫们的叫法。它比常用的核磁共振检查仪还要灵敏和清晰十倍。看着这探头在孩子那剃光头发、像土豆似的脑袋上游来游去,兰星烈觉得有点滑稽。

邢静、陈聪秉大夫和另外几个大夫、护士现在都已进入了玻璃墙的另一面,他们都严严实实地裹住自己,兰星烈简直分不出谁是谁了。在病床的背后,正对兰星烈的那面墙上,一面巨大的投影屏幕正闪闪发光。这屏幕上呈现的,不是别的,它和远在数百千米之外的航天测探中心主控制屏上的图像一模一样。那是汪洋大脑的透视图。

10点15分,耳机里终于传出了陈聪秉大夫的声音:"威虎山,威虎山,喜马拉雅报告:药物开始在脑组织中起作用了。你们开始行动吧!请尽快开始,请尽快开始!"

二十只机械手协力作用,开始了第一次推动。

那孩子安睡着，只是面朝着下方。维持这种俯卧的姿势，完全是为了在一定程度上利用大地的吸引力来控制飞船的走向。

"看，动了！"

耳机里猛地传来了一个叫声。

"威虎山呼叫喜马拉雅，我们第一次推动已经实现，飞船前进了大约0.05毫米，再说一遍，前进了0.05毫米。"

"哄"的一下子，耳机里传来一阵有节制的祝贺声……

"喜马拉雅，喜马拉雅！"通信器再次响起来。陈大夫示意大家安静点儿。

"喜马拉雅：我们正在计算第二次推动的角度和力量，威虎山完毕。"

"好极了。"陈聪秉大夫高兴地说，"照这个速度，不出一个钟头，飞船就能从脑组织的束缚中解放出来，下一步，就看我们的了。"

陈聪秉的预言没有错，开始推动一小时后，"天女图三号"终于与脑组织分离开，一下子就卷入了脑内液体的激流中。

"威虎山呼叫喜马拉雅：我们的任务完成了！再说一遍，任务完成！祝你们好运！"

通信声一下子切断了。现在，兰星烈知道，玻璃窗后的另一批人将行动起来。

"开始！"陈聪秉大夫下达了命令。

现在，兰星烈真的捏着一把汗了。

手术台靠近汪洋头部的一侧渐渐升了起来，那飞船的标志——投影屏上的白点正在侧脑室靠近胼胝体的部分滑动。用改变身体的姿势来使飞船沿重力方向滑动，这可真是个创举。汪洋就像一串烤羊肉，被上下左右翻动。在床板转过150°以后，白点通过了连接两个脑室的中间孔，进入了大脑的另一个窟窿——第三脑室。

"停！"

"反转。"还是陈聪秉的声音。

"天女图三号"开始以可见的速度从脑的中心部位向下移去了。通过中脑导水管,已经到第四脑室了。

亮点的速度明显地加快了,而且,还伴随着横向的摆动。

"这是什么?"兰星烈的问话还没讲完,就听到了陈聪秉大夫的声音,"涡流!我的天,脑脊液中居然还有一股暗流,得赶快让它停住,否则……"

话音未落,只见屏幕上的亮点使劲往左边一摆,又向右边冲去,然后,随着一个"之"字形的螺旋运动,猛然间好像扎进了一堆棉花似的一动也不动了。

"天女图三号"闯进了一片血管的丛林,刚巧卡在了两根树枝似的血管之间,再也无法动弹了。

八　意外的消息

第六天　13：02
培城中心医院
陕西西安航天测控中心

西安测控中心的专家们再次操纵机械手,终于在1点23分,使飞船逃出羁绊,离开了脉络丛,再一次自由地航行起来。

1点31分,"天女图三号"已经漂到了连接脑部和脊椎部位的正中孔。这是一道分界线,另一边就是安全地带了。

但是,飞船又转了回来!强烈的涡流推动着屏幕上的小白点一会儿上,一会儿下,拐了两三次,又重新回到第四脑室的中部。

焦急!这种焦急的情绪在每一个专家和旁观者身上蔓延着,感染着。陈聪秉大夫满头大汗,现在的情况对他真是一种莫大的讽刺,他无事可做!只能等待。

时间一分一秒地流逝。

和名师一起读名著

终于，折腾了七八次，"天女图三号"战胜了逆流，通过正中孔，永远地离开了大脑。

"嗡"的一下子，玻璃外面观察的人中间爆发出一阵欣慰的议论。兰星烈摘下耳机，用手帕擦了擦听筒，那上面已经满是汗水了。

但是，在玻璃的另一面，紧张的工作还在进行着。"天女图三号"正沿着脊柱内的蛛网膜下腔流动，这是一层包围在脊髓外围的圆筒形的液体腔。飞船现在是以每分钟一圈的速度围着这圆筒中心旋转，每转一圈，它就在脊柱内下降2毫米。

大夫们坚持，必须要等到"天女图三号"流到脊柱的底端，才肯用注射器吸取。他们说这是确保安全的办法了。因为损伤了脊髓神经就会造成肢体瘫痪。

这就是说，飞船至少还得在脊柱中转上将近九十圈。兰星烈松了一口气站起身，准备吃点东西，但身后有人扯住了他的军服。

"兰上校，您的电话。"

听筒中传来一个老人尖尖的声音。

"季伦博士？"

"是我，听着上校！我重新代入系数进行了计算，发现弗里德曼方程是有缺陷的，它……"

"有缺陷？"兰星烈吃了一惊。

"对，别插嘴，我重新校正了公式，重新进行了计算，实际上，飞船缩小的持续时间比上次计算的得数要短得多！……"

"是多少？"兰星烈的后背一阵紧张。

"大约是……"

听筒中传来一阵翻纸的声音，显然博士是在寻找计算的数据。

"大约是一百四十八小时三十五秒，也就是六天半……"

"那么您是说……"

"这艘飞船将在今天下午2点15分35秒的时候恢复原状！"

听筒从兰星烈手中滑落下去。有好几秒钟，他就像是个傻子似的,呆呆站在电话间的玻璃格子中。

2 点 15 分 35 秒!

2 点 15 分 35 秒!

他无力地抬起手腕,这手腕现在变得异常沉重,就像是在提一只千斤顶。而那千斤顶的全部重量都集中在自己那块既不精神,又显得陈旧的电子手表上。

他怯怯地向表上瞥了一眼,跟着就是一个抽搐。因为指针分明打在 2 点 10 分的位置上面。

还有五分钟!不,仅有五分钟了。五分钟之后,兰星烈明白发生的将是什么。

现在,标示着"天女图三号"的亮点才刚刚走到孩子的后背部分,等到它接近脊柱尾部,少说得再过一个半钟头。

"再也不能等待了!"

兰星烈拔出了自己的手枪。

九　最后的时刻

第六天　14：10

培城中心医院

"砰!"连接手术室和观察室的门锁被子弹击碎了。兰星烈上校毫不客气地破门而入,他怒目圆睁,像是一头被猎人长久围困后决心进行垂死挣扎的野兽似的,开始了他一生中最莽撞的孤注一掷。

"陈大夫,请立即取出'天女图三号'!"

医生们张皇失措,被他的举动惊呆了。

"陈大夫,只有两三分钟了!"

"可是……"陈聪秉莫名其妙地嗫嚅着。

"砰!"再一声枪响,手术室门边的红灯被击得粉碎,每一个人都打了个寒战。

陈聪秉用哆哆嗦嗦的手拿起注射器，但双眼还是直瞪瞪地看着兰星烈，他无法搞清眼前发生的事件到底意味着什么。

没有人能搞清楚，此时此刻仅仅剩下了多少时间。两分三十五秒！这是最后的时刻，只有兰星烈才明白，这两分三十五秒意味着什么。

陈聪秉大夫将针头插进了孩子的脊背，人们屏息凝视着屏幕。

第一次。扎得太深了。"天女图三号"绕了过去，继续下降。

第二次……

现在的时间是2点13分50秒、51秒、55秒……

第三次……

那亮点和针头会合了！

正在这时，不知是谁拉响了医院里的警报器，守卫在医院外的士兵不知道病房内发生了什么事变，开始冲进医院大楼。

终于，人们清楚地看见，亮点离开脊椎的部位，它被吸入了注射器。

时间只剩下一分钟了，这是兰星烈一生中最漫长的一分钟。士兵们皮靴上楼的声音都可以听见了。陈大夫刚刚拔出注射器，兰星烈就一把抓了过去，像是抓着一件烫手的、通红的铁块，向门外冲去。

士兵们就在下一层楼梯上了。

时间只剩下了四十五秒了。

他在走廊中飞奔。

要坚持住，一定要坚持住。他暗暗地告诫着自己，他已经跑过上下楼梯的进口了，他已经用眼睛的余光看见那些冲上来的士兵了，那些人叫喊着，端着枪沉重地向他追来。

但他顾不得这一切了，现在只剩下二十秒、十秒、五秒……

终于冲上楼道尽头的阳台了，他扔掉手枪，拉开马步，把那只包藏着人们无数希望、失望、兴奋和恐惧的注射器奋力扔了出去。

轰隆一声巨响，大地摇动了起来。像是一阵狂风乍起，又像是地震波卷过，中心医院大楼内的玻璃和仪器被震得咣当作响，人们拼命扶住身边的物体，以抵挡这突如其来的巨大震波。

2 点 15 分 35 秒，"天女图三号"恢复了原来的形状。它那长达 47.15 米的身体冲毁了医院西部的围墙，燃料舱伸向了医院旁的宽大街道，中控实验舱的大圆球紧紧地抵住了医院的水塔。

当然，最万幸的还是，飞船复原时正好处于与医院中心大楼平行的位置，否则，一切会是什么样子呢？

兰星烈上校昏了过去。

饥饿、紧张、过度的疲劳耗尽了他的全部体力。六天以来，他的白发增加了一倍，他脸上的皮肤显得更加衰老。但是，他问心无愧，他保住了少年汪洋的生命，也保住了整个医院和那艘价值一百亿人民币的宇宙飞船。

他将昏睡很久很久，他将做很多很多梦，这些梦将带着他在天地之间遨游……

刘慈欣作品

作者简介

刘慈欣，1963年生，祖籍河南，生于山西阳泉，著名科幻作家。自1999年起，数次获得中国科幻银河奖，2015年凭借《三体》获第73届雨果奖最佳长篇小说奖，被誉为中国科幻的领军人物。其作品擅长展现科学的理性思考与幻想的浪漫激情之间的张力。本书所收《朝闻道》，曾获2002年中国科幻银河奖读者提名奖，《带上她的眼睛》曾获1999年中国科幻银河奖一等奖。

朝 闻 道

爱因斯坦赤道

"有一句话我早就想对你们说,"丁仪对妻子和女儿说,"我心中的位置大部分都被物理学占据了,只是努力挤出了一个小角落给你们。对此,我心里很痛苦,但也实在是没办法。"

他的妻子方琳说:"这话你对我说过两百遍了。"

十岁的女儿文文说:"对我也说过一百遍了。"

丁仪摇摇头说:"可你们始终没能理解我这话的真正含义,你们不懂得物理学到底是什么。"

方琳笑着说:"只要它的性别不是女的就行。"

这时,他们一家三口正坐在一辆时速达 500 千米的小车里,行驶在一条直径 5 米的钢管中,这根钢管的长度约为 30000 千米,在北纬 45°线上绕地球一周。

小车完全自动行驶,透明的车舱内没有任何驾驶设备。从车里看出去,钢管笔直地伸向前方,小车像是一颗在无限长的枪管中正在射出的子弹,如果不是周围的管壁如湍急的流水飞快掠过,肯定觉察不出车的运动。在小车启动或停车时,可以看到管壁上安装的数量巨大的仪器,还有无数等距离的箍圈,当车加速起来后,它们就在两旁浑然一体地掠过,看不清了。丁仪告诉她们,那些箍圈是用来产生强磁场的超导线圈,而悬在钢管正中的那条细管是粒子通道。

他们正行驶在人类迄今所建立的最大的粒子加速器中，这台环绕地球一周的加速器被称为爱因斯坦赤道，借助它，物理学家们将实现20世纪那个巨人肩上的巨人最后的梦想——建立宇宙的大统一模型。

这辆小车本是加速器工程师们用于维修的，现在被丁仪用来带着全家进行环球旅行，这旅行是他早就答应妻子和女儿的，但她们万万没有想到要走这条路。整个旅行耗时六十个小时，在这环绕地球一周的行驶中，她们除了笔直的钢管什么都没有看到。不过方琳和文文还是很高兴、很满足，至少在这两天多的时间里，全家人难得地聚在一起。

旅行的途中也并不枯燥，丁仪不时指着车外飞速掠过的管壁对文文说："我们现在正在驶过蒙古国，看到大草原了吗？还有羊群……通过俄罗斯，擦过日本北角。看，朝阳照到积雪的国后岛上了，那可是今天亚洲迎来的第一抹阳光……我们现在在太平洋底了，真黑，什么都看不见。哦不，那边有亮光，暗红色的，嗯，看清了，那是洋底火山口，它涌出的岩浆遇水很快冷却了，所以那暗红光一闪一闪的，像海底平原上的篝火。文文，大陆正在这里生长啊……"

后来，他们又在钢管中驶过了美国全境，潜过了大西洋，从法国海岸登上欧洲的土地，驶过意大利和巴尔干半岛，第二次进入俄罗斯，然后从里海回到亚洲，穿过哈萨克斯坦进入中国。现在，他们正走完最后的路程，回到了爱因斯坦赤道在塔克拉玛干沙漠中的起点——世界核子中心，这也是环球加速器的控制中心。

当丁仪一家从控制中心大楼出来时，外面已是深夜，广阔的沙漠静静地在群星下伸向远方，世界显得简单而深邃。

"好了，我们三个基本粒子，已经在爱因斯坦赤道中完成了一次加速试验。"丁仪兴奋地对方琳和文文说。

"爸爸，真的粒子要在这根大管子中跑这么一大圈，要多长时间?"文文指着他们身后的加速器管道问,那管道从控制中心两侧向东西两个方向延伸,很快消失在夜色中。

丁仪回答说:"明天,加速器将首次以它最大的能量运行,在其中运行的每个粒子,将受到相当于一颗核弹的能量的推动,它们将加速到接近光速。这时,每个粒子在管道中只需十分之一秒就能走完我们这两天多的环球旅程。"

方琳说:"别以为你已经实现了自己的诺言,这次环球旅行是不算的!"

"对!"文文点点头说,"爸爸以后有时间,一定要带我们在这长管子的外面沿着它走一圈,真正看看我们在管子里面到过的地方,那才叫真正的环球旅行呢!"

"不需要,"丁仪对女儿意味深长地说,"如果你睁开了想象的眼睛,那这次的旅行就足够了,你已经在管子中看到了你想看的一切,甚至更多!孩子,更重要的是,蓝色的海洋、红色的花朵、绿色的森林都不是最美的东西,真正的美眼睛是看不到的,只有凭借想象力才能看到它,与海洋、花朵、森林不同,它没有色彩和形状,只有当你用想象力和数学把整个宇宙在手中捏成一团儿,使它变成你的一个心爱的玩具时,你才能看到这种美……"

丁仪没有回家,送走妻女后,他回到了控制中心。中心只有不多的几个值班工程师,在加速器建成并经过历时两年的紧张调试后,这里第一次这么宁静。

丁仪上到楼顶,站在高高的露天平台上,他看到下面的加速器管道像一条把世界一分为二的直线,他有一种感觉:夜空中的星星像无数只瞳仁,它们的目光此时都聚集在下面这条直线上。

丁仪回到下面的办公室,躺在沙发上睡着了,进入了一个理论物理学家的梦乡。

他坐在一辆小车里,小车停在爱因斯坦赤道的起点。小车启动,

和名师一起读名著

他感觉到了加速时强劲的推力。他在北纬45°线上绕地球旋转，一圈又一圈，像轮盘赌上的骰子。随着速度趋近光速，急剧增加的质量使他的身体如一尊金属塑像般凝固了，意识到了这个身体中已蕴含了创世的能量，他有一种帝王般的快感。在最后一圈，他被引入一条支路，冲进一个奇怪的地方，这是虚无之地。他看到了虚无的颜色，虚无不是黑色的，也不是白色的，它的色彩就是无色彩，但也不是透明的，在这里，空间和时间都还有待于他去创造。他看到前方有一个小黑点，急剧扩大，那是另一辆小车，车上坐着另一个自己。他们以光速相撞后同时消失了，只在无际的虚空中留下一个无限小的奇点，这万物的种子爆炸开来，能量火球疯狂暴涨。当弥漫整个宇宙的红光渐渐减弱时，冷却下来的能量让天空中的物质如雪花般出现了。开始是稀薄的星云，然后是恒星和星系群。在这个新生的宇宙中，丁仪拥有一个量子化的自我，他可以瞬间从宇宙的一端跃至另一端。其实他并没有跳跃，他同时存在于这两端，他同时存在于这浩大宇宙中的每一点，他的自我像无际的雾气弥漫于整个太空，由恒星沙粒组成的银色沙漠在他的体内燃烧。他无所不在的同时又无所在，他知道自己的存在只是一个概率的幻影，这个多态叠加的幽灵渴望地环视宇宙，寻找那能使自己坍缩为实体的目光。正找着，这目光就出现了，它来自遥远太空中浮现出的两双眼睛，它们出现在一道由群星织成的银色帷幕后面，那双有着长长睫毛的美丽的眼睛是方琳的，那双充满天真灵性的眼睛是文文的。这两双眼睛在宇宙中茫然扫视，最终没能觉察到这个量子自我的存在，波函数颤抖着，如微风抚过平静的湖面，但坍缩没有发生。正当丁仪陷入绝望之时，茫茫的星海扰动起来，群星汇成的洪流在旋转奔涌，当一切都平静下来时，宇宙间的所有星星构成了一只大眼睛，那只百亿光年大小的眼睛如钻石粉末在黑色的天鹅绒上撒出的图案，它盯着丁仪看，波函数在瞬间坍缩，如倒着放映的焰火影片，他的量子存在凝聚在宇宙中微不足道的一点上，他睁开双眼，回到了现实。

是控制中心的总工程师把他推醒的，丁仪睁开眼，看到核子中心的几位物理学家和技术负责人围着他躺的沙发站着，他们用看一个怪物的目光盯着他看。

"怎么？我睡过了吗？"丁仪看看窗外，发现天已亮了，但太阳还未升起。

"不，出事了！"总工程师说。这时丁仪才知道，大家那诧异的目光不是冲着他的，而是由于刚出的那件事情。总工程师拉起丁仪，带他向窗口走去，丁仪刚走了两步就被人从背后拉住了，回头一看，是一位叫松田诚一的日本物理学家，上届诺贝尔物理学奖获得者之一。

"丁博士，如果您在精神上无法承受马上要看到的东西，也不必太在意，我们现在可能是在梦中。"日本人说。他脸色苍白，抓着丁仪的手在微微颤抖。

"我刚从梦中出来！"丁仪说，"发生了什么事？"

大家仍用那种怪异的目光看着他，总工程师拉起他继续朝窗口走去，当丁仪看到窗外的景象时，立刻对自己刚才的话产生了怀疑，眼前的现实突然变得比刚才的梦境更虚幻了。

在淡蓝色的晨光中，以往他熟悉的横贯沙漠的加速器管道消失了，取而代之的是一条绿色的草带，这条绿色大道沿东西两个方向伸向天边。

"再去看看中心控制室吧！"总工程师说。丁仪随着他们来到楼下的控制大厅，又受到了一次猝不及防的震撼——大厅一片空旷，所有的设备都消失得无影无踪，原来放置设备的位置也长满了青草，那草是直接从防静电地板上长出来的。

丁仪发疯似的冲出控制大厅，奔跑着绕过大楼，站到那条取代加速器管道的草带上，看着它消失在太阳即将升起的东方地平线上，在早晨沙漠上寒冷的空气中，他打了个寒战。

和名师一起读名著

"加速器的其他部分呢？"他问喘着气跟上来的总工程师。

"都消失了，地上、地下和海中的，全部消失了。"

"也都变成了草？！"

"哦不，草只在我们附近的沙漠上有，其他部分只是消失了，地面和海底部分只剩下空空的支座，地下部分只留下空隧道。"

丁仪弯腰拔起了一束青草，这草在别的地方看上去一定很普通，但在这里就很不寻常：它完全没有红柳或仙人掌之类的耐旱的沙漠植物的特点，看上去饱含水分，青翠欲滴，这样的植物只能生长在多雨的南方。丁仪搓碎了一根草叶，手指上沾满了绿色的汁液，一股淡淡的清香飘散开来。丁仪盯着手上的小草呆立了很长时间，最后说："看来，这真是梦了。"

东方传来一个声音："不，这是现实！"

真空衰变

在绿色草路的尽头，朝阳已升起了一半，它的光芒照花了人们的眼睛。在这光芒中，有一个人沿着草路向他们走来，开始他只是一个以日轮为背景的剪影，剪影的边缘被日轮侵蚀，显得变幻不定。当那人走近些后，人们看到他是一名中年男子，穿着白衬衣和黑裤子，没打领带。再近些，他的面孔也可以看清了，这是一张兼具亚洲人和欧洲人特点的脸，这一点在这个地区并没有什么不寻常，但人们绝不会把他误认为是当地人。他的五官太端正了，端正得有些不现实，像某些公共标志上表示人类的一个图符。当他再走近些时，人们也不会把他误认为是这个世界的人了，他并没有走，他一直两腿并拢笔直地站着，鞋底紧贴着草地飘浮而来。在距他们两三米处，来人停了下来。

"你们好，我以这个外形出现是为了我们之间能更好地交流，不管各位是否认可我的人类形象，我已经尽力了。"来人用英语说，他的话音一如其面孔，极其标准而无特点。

"你是谁？"有人问。

"我是这个宇宙的排险者。"

这个回答中有几个含义深刻的字立刻深入了物理学家们的脑海——这个宇宙。

"您和加速器的消失有关吗？"总工程师问。

"它在昨天夜里被蒸发了，你们计划中的试验必须被制止。作为补偿，我送给你们这些草，它们能在干旱的沙漠上以很快的速度生长蔓延。"

"可这些都是为了什么呢？"

"这个加速器如果真以最大功率运行，能将粒子加速到 10 的 20 次方电子伏特，这接近宇宙大爆炸的能量，可能给我们的宇宙带来灾难。"

"什么灾难？"

"宇宙衰变。"

听到这回答，总工程师扭头看了看身边的物理学家们，他们都沉默不语，紧锁眉头思考着什么。

"还需要进一步解释吗？"排险者问。

"不，不需要了。"丁仪轻轻地摇摇头说。物理学家们本以为排险者会说出一个人类完全无法理解的概念，但没想到，他说出的内容人类的物理学界早在上世纪 80 年代初就想到了，只是当时大多数人都认为那不过是一个新奇的假设，与现实毫无关系，以至于现在几乎被遗忘了。

真空衰变的概念最初出现在 1980 年《物理评论》杂志上的一篇论文中，作者是西德尼·科尔曼和弗兰克·德卢西亚。早在这之前狄拉克就指出，我们宇宙中的真空可能是一种伪真空，在那似乎空无一物的空间里，幽灵般的虚粒子在短得无法想象的瞬间出现又消失，这瞬息间创生与毁灭的活剧在空间的每一点上无休止地上演，使得我们所说的真空实际上是一个沸腾的量子海洋，这就使得真空具有一定的能级。科尔曼和德卢西亚的新思想在于：他们认为某种高能过程可能产生出另一种状态的真空，这种真空的能级比现有的真空低，甚至可能出现能级为零的"真真空"。这种真空的体积开始可能只有一个原子大小，但它一旦形成，周围相邻的高能级真空就会向它的能级跌落，变成与它一样的低能级真空，这就使得低能级真空的体积迅速扩大，形成一个球形。这个低能级真空球的扩张很快就能达到光速，球中的质子和中子将在瞬间衰变，这使得球内的物质世界全部蒸发，一切归于毁灭……

"……以光速膨胀的低能级真空球将在0.03秒内毁灭地球，五个小时内毁灭太阳系，四年后毁灭最近的恒星，十万年后毁灭银河系……没有什么能阻止球体的膨胀，随着时间的推移，整个宇宙都难逃劫难。"排险者说，他的话正好接上了大多数人的思维，难道他能看到人类的思想？排险者张开双臂，做出一个囊括一切的姿势，"如果把我们的宇宙看作一个广阔的海洋，我们就是海中的鱼儿，我们周围这无边无际的海水是那么清澈透明，以至于我们忘记了它的存在。现在我要告诉你们，这不是海水，是液体炸药，一粒火星就会引发毁灭一切的大灾难。作为宇宙排险者，我的职责就是在这些火星燃到危险的温度前扑灭它。"

丁仪说："这大概不太容易，我们已知的宇宙有两百亿光年半径，即使对于你们这样的超级文明，这也是一个极其广阔的空间。"

排险者笑了笑，这是他第一次笑，这笑同样毫无特点："没有你想的那么复杂。你们已经知道，我们目前的宇宙，只是大爆炸焰火的余烬，恒星和星系，不过是仍然保持着些许温热的飘散的烟灰罢了，这是一个低能级的宇宙，你们看到的类星体之类的高能天体只存在于遥远的过去。在目前的自然宇宙中，最高级别的能量过程，如大质量物体坠入黑洞，其能级也比大爆炸低许多数量级。在目前的宇宙中，发生创世级别的能量过程的唯一机会，只能来自于其中的智慧文明探索宇宙终极奥秘的努力，这种努力会把大量的能量聚焦到一个微观点上，使这一点达到创世能级。所以，我们只需要监视宇宙中进化到一定程度的文明世界就行了。"

松田诚一问："那么，你们是从何时起开始注意到人类呢？普郎克时代吗？"

排险者摇摇头。

"那么是牛顿时代？也不是？不可能远到亚里士多德时代吧？"

"都不是。"排险者说，"宇宙排险系统的运行机制是这样的：它首先通过散布在宇宙中的大量传感器监视已有生命出现的世界，当发现这些世界中出现有能力产生创世能级能量过程的文明时，传感器就发出警报，我这样的排险者在收到警报后将亲临那些世界监视其中的文明。但除非这些文明真要进行创世能级的试验，否则我们是绝不会对其进行任何干预的。"

这时，在排险者的头部左上方出现了一个黑色的正方形，约2米见方，正方形充满了深不见底的漆黑，仿佛现实被挖了一个洞。几秒钟后，那黑色的空间中出现了一个蓝色的地球影像，排险者指着影像说："这就是放置在你们世界上方的传感器拍下的地球影像。"

"这个传感器是在什么时候放置于地球的？"有人问。

"按你们的地质学纪年，在古生代末期的石炭纪。"

"石炭纪？！""那就是……三亿年前了！"人们纷纷惊呼。

"这……太早了些吧？"总工程师敬畏地问。

"早吗？不，是太晚了，当我们第一次到达石炭纪的地球，看到在广阔的冈瓦纳古陆上，皮肤湿滑的两栖动物在原生松林和沼泽中爬行时，真吓出了一身冷汗。在这之前的相当长的岁月里，这个世界都有可能突然进化出技术文明，所以，传感器应该在古生代开始时的寒武纪或奥陶纪就放置在这里。"

地球的影像向前推来，充满了整个正方形，镜头在各大陆间移动，让人想到一双警惕巡视的眼睛。

排险者说:"你们现在看到的影像是在更新世末期拍摄的,距今三十七万年,对我们来说,几乎是在昨天了。"

地球表面的影像停止了移动,那双眼睛的视野固定在非洲大陆上,这个大陆正处于地球黑夜的一侧,看上去是一个由稍亮些的大洋三面围绕的大墨块。显然大陆上的什么东西吸引了这双眼睛的注意,焦距拉长,非洲大陆向前扑来,很快占据了整个画面,仿佛观察者正在飞速冲向地球表面。陆地黑白相间的色彩渐渐在黑暗中显示出来,白色的是第四纪冰期的积雪,黑色部分很模糊,是森林还是布满乱石的平原,只能由人想象了。镜头继续拉近,一个雪原充满了画面,显示图像的正方形现在全变成白色了,是那种夜间雪地的灰白色,带着暗暗的淡蓝。在这雪原上有几个醒目的黑点,很快可以看出那是几个人影,接着可以看出他们的身形都有些驼背,寒冷的夜风吹起他们长长的披肩乱发。图像再次变黑,一个人仰起的面孔充满了画面,在微弱的光线里无法看清这张面孔的细部,只能看出他的眉骨和颧骨很高,嘴唇长而薄。镜头继续拉近,直至似乎已不可能再近的距离,一双深陷的眼睛充满了画面,黑暗中的瞳仁中有一些银色的光斑,那是映在其中的变形的星空。

图像定格,一声尖厉的鸣叫响起,排险者告诉人们,预警系统报警了。

"为什么?"总工程师不解地问。

"这个原始人仰望星空的时间超过了预警阈值,已对宇宙表现出了充分的好奇,到此为止,已在不同的地点观察到了十例这样的超限事件,符合报警条件。"

"如果我没记错的话,你前面说过,只有当有能力产生创世能级能量过程的文明出现时,预警系统才会报警。"

"你们看到的不正是这样一个文明吗?"

人们面面相觑,一片茫然。

排险者露出那毫无特点的微笑说:"这很难理解吗?当生命意

识到宇宙奥秘的存在时,距它最终解开这个奥秘只有一步之遥了。"看到人们仍不明白,他接着说,"比如地球生命,用了四十多亿年时间才第一次意识到宇宙奥秘的存在,但那一时刻距你们建成爱因斯坦赤道只有不到四十万年时间,而这一进程最关键的加速期只有不到五百年时间。如果说那个原始人对宇宙的几分钟凝视是看到了一颗宝石,其后你们所谓的整个人类文明,不过是弯腰去拾它罢了。"

丁仪若有所悟地点点头:"要说也是这样,那个伟大的望星人!"

排险者接着说:"以后我就来到了你们的世界,监视着文明的进程,像是守护着一个玩火的孩子。周围被火光照亮的宇宙使这孩子着迷,他不顾一切地把火越燃越旺,直到现在,宇宙已有被这火烧毁的危险。"

丁仪想了想,终于提出了人类科学史上最关键的问题:"这就是说,我们永远不可能得到大统一模型,永远不可能探知宇宙的终极奥秘?"

科学家们呆呆地盯着排险者,像一群在最后审判日里等待宣判的灵魂。

"智慧生命有多种悲哀,这只是其中之一。"排险者淡淡地说。

松田诚一声音颤抖地问:"作为更高一级的文明,你们是如何承受这种悲哀的呢?"

"我们是这个宇宙中的幸运儿,我们得到了宇宙的大统一模型。"科学家们心中的希望之火又重新开始燃烧。

丁仪突然想到了另一种恐怖的可能:"难道说,真空衰变已被你们在宇宙的某处触发了?"

排险者摇摇头:"我们是用另一种方式得到的大统一模型,这一时说不清楚,以后我可能会详细地讲给你们听。"

"我们不能重复这种方式吗?"

排险者继续摇头:"时机已过,这个宇宙中的任何文明都不可能再重复它。"

"那请把宇宙的大统一模型告诉人类！"

排险者还是摇头。

"求求你，这对我们很重要，不，这就是我们的一切！"丁仪冲动地想去抓排险者的胳膊，但他的手毫无感觉地穿过了排险者的身体。

"知识密封准则不允许这样做。"

"知识密封准则？"

"这是宇宙中文明世界的最高准则之一，它不允许高级文明向低级文明传递知识，我们把这种行为叫知识的管道传递。低级文明只能通过自己的探索来得到知识。"

丁仪大声说："这是一个不可理解的准则：如果你们把大统一模型告诉所有渴求宇宙最终奥秘的文明，他们就不会试图通过创世能级的高能试验来得到它，宇宙不就安全了吗？"

"你想得太简单了。这个大统一模型只是这个宇宙的，当你们得到它后就会知道，还存在着无数其他的宇宙，你们接着又会渴求得到制约所有宇宙的超统一模型。而大统一模型在技术上的应用会使你们拥有产生更高能量过程的手段，你们会试图用这种能量过程击穿不同宇宙间的壁垒。不同宇宙间的真空存在着能级差，这就会导致真空衰变，同时毁灭两个或更多的宇宙。知识的管道传递还会对接收它的低级文明产生其他更直接的不良后果和灾难，其原因大部分你们目前还无法理解，所以知识密封准则是绝对不允许违反的。这个准则所说的知识不仅是宇宙的深层秘密，它是指所有你们不具备的知识，包括各个层次的知识。假设人类现在还不知道牛顿三定律或微积分，我也同样不能传授给你们。"

科学家们沉默了，在他们眼中，已升得很高的太阳熄灭了，一切都陷入黑暗之中。整个宇宙顿时变成一个巨大的悲剧，这悲剧之大之广他们一时还无法把握，只能在余生细水长流地受其折磨，事实上他们知道，余生已无意义。

松田诚一瘫坐在草地上，说了一句后来成为名言的话："在一个不可知的宇宙里，我的心脏懒得跳动了。"

他的话道出了所有物理学家的心声，他们目光呆滞，欲哭无泪。就这样不知过了多长时间，丁仪突然打破沉默："我有一个办法，既可以使我得到大统一模型，又不违反知识密封准则。"

排险者对他点点头："说说看。"

"你把宇宙的终极奥秘告诉我，然后毁灭我。"

"给你三天时间考虑。"排险者说，他的回答不假思索，紧接着丁仪的话。

丁仪欣喜若狂："你是说这可行？"

排险者点点头。

真理祭坛

人们是这么称呼那个巨大的半球体的，它的直径有50米，底面朝上球面向下放置在沙漠中，远看像一座倒放的山丘。这个半球是排险者用沙子筑成的，当时沙漠中出现了一股巨大的龙卷风，风中那高大的沙柱最后凝聚成这个东西。谁也不知道他是用什么东西使大量的沙子聚合成这样一个精确的半球形状，其强度使它球面朝下放置都不会解体。但半球这样的放置方式使它很不稳定，在沙漠的阵风里它明显地摇晃。

据排险者说，在他的那个遥远世界里，这样的半球是一个论坛，在那个文明的上古时代，学者们就聚集在上面讨论宇宙的奥秘。由于这样放置的半球的不稳定性，论坛上的学者们必须小心地使他们的位置均匀地分布，否则半球就会倾斜，使上面的人都滑下来。排险者一直没有解释这个半球形论坛的含义，人们猜测，它可能是暗示宇宙的非平衡态和不稳定。

在半球的一侧，还有一条沙子构筑的长长的坡道，通过它可以从下面走上祭坛。在排险者的世界里，这条坡道是不需要的：在纯能化之前的上古时代，他的种族是一种长着透明双翼的生物，可以直接飞到论坛上。这条坡道是专为人类修筑的，他们将通过它走上真理祭坛，用生命换取宇宙奥秘。

三天前，当排险者答应了丁仪的要求后，事情的发展令世界恐慌：在短短一天时间内，有几百人提出了同样的要求，这些人除了世界核子中心的其他科学家外，还有来自世界各国的学者。开始只有物理学家，后来报名者的专业越出了物理学和宇宙学，出现了数学、生物学等其他基础学科的科学家，甚至还有经济学和史学这类非自然科学的学者。这些要求用生命来换取真理的人，都是他们所在学科的刀锋，是科学界精英中的精英，其中诺贝尔奖获得者就占了一半，可以说，在真理祭坛前聚集了人类科学的精华。

真理祭坛前其实已不是沙漠了，排险者在三天前种下的草迅速蔓延，那条草带已宽了两倍，它那已变得不规则的边缘已伸到了真理祭坛下面。在这绿色的草地上聚集了上万人，除了这些即将献身的科学家和世界各大媒体的记者外，还有科学家们的亲人和朋友，两天两夜无休止的劝阻和哀求已使他们心力交瘁，精神都处于崩溃的边缘，但他们还是决定在这最后的时刻做最后的努力。与他们一同做这种努力的还有数量众多的各国政府的代表，其中包括十多位国家元首，他们也在竭力挽留自己国家的科学精英。

"你怎么把孩子带来了？！"丁仪盯着方琳问，在他们身后，毫不知情的文文正在草地上玩耍，她是这群表情阴沉的人中唯一的快乐者。

"我要让她看着你死。"方琳冷冷地说。她脸色苍白，双眼无目标地平视远方。

"你认为这能阻止我？"

"我不抱希望,但能阻止你女儿将来像你一样。"

"你可以惩罚我,但孩子……"

"没人能惩罚你,你也别把即将发生的事伪装成一种惩罚,你正走在通向自己梦中天堂的路上!"

丁仪直视着爱人的双眼说:"琳,如果这是你的真实想法,那么你终于从最深处认识了我。"

"我谁也不认识,现在我的心中只有仇恨。"

"你当然有权恨我。"

"我恨物理学!"

"可如果没有它,人类现在还是丛林和岩洞中愚钝的动物。"

"但我现在并不比它们快乐多少!"

"但我快乐,也希望你能分享我的快乐。"

"那就让孩子也一起分享吧,让她亲眼看到父亲的下场,长大后至少会远离物理学这种毒品!"

"琳,把物理学称为毒品,你也就从最深处认识了它。看,这两天你真正认识了多少东西,如果你早些理解这些,我们就不会有现在的悲剧了。"

那几位国家元首则在真理祭坛上努力劝说排险者,让他拒绝那些科学家的要求。

美国总统说:"先生——我可以这么称呼您吗?我们的世界里最出色的科学家都在这里了,您真想毁灭地球的科学吗?"

排险者说:"没有那么严重,另一批科学精英会很快涌现并补上他们的位置,对宇宙奥秘的探索欲望是所有智慧生命的本性。"

"既然同为智慧生命,您就忍心杀死这些学者吗?"

"这是他们自己的选择,生命是他们自己的,他们当然可以用它来换取自己认为崇高的东西。"

"这个用不着您来提醒我们!"俄罗斯总统激动地说,"用生命来换取崇高的东西对人类来说并不陌生，在20世纪的一场战争中，我的国家就有两千多万人这么做了。但现在的事实是，那些科学家的生命什么都换不到！只有他们自己能得知那些知识，这之后，你只给他们十分钟的生存时间！他们对真理的渴望已成为一种地地道道的变态，这您是清楚的！"

"我清楚的是，他们是这个星球上仅有的正常人。"

元首们面面相觑，然后都困惑地看着排险者，说他们不明白他的意思。

排险者伸开双臂拥抱天空："当宇宙的和谐之美一览无遗地展现在你面前时，付出生命只是一个很小的代价。"

"但他们看到这美后只能再活十分钟！"

"就是没有这十分钟，仅仅经历看到那终极之美的过程，也是值得的。"

元首们又互相看了看，都摇头苦笑。

"随着文明的进化，像他们这样的人会渐渐多起来的。"排险者指指真理祭坛下的科学家们说，"最后，当生存问题完全解决，当爱情因个体的异化和融和而消失，当艺术因过分的精致和晦涩而最终死亡，对宇宙终极美的追求便成为文明存在的唯一寄托，他们的这种行为方式也就符合了整个世界的基本价值观。"

元首们沉默了一会儿，试着理解排险者的话，美国总统突然哈哈大笑起来："先生，您在耍我们，您在耍弄整个人类！"

排险者露出一脸困惑："我不明白……"

日本首相说："人类还没有笨到你想象的程度，你话中的逻辑错误连小孩子都明白！"

排险者显得更加困惑了："我看不出这有什么逻辑错误。"

美国总统冷笑着说："一万亿年后，我们的宇宙肯定充满了高度进化的文明。照您的意思，对终极真理的这种变态的欲望将成为整个宇宙的基本价值观，那时全宇宙的文明将一致同意，用超高能的试验来探索囊括所有宇宙的超统一模型,不惜在这种试验中毁灭包括自己在内的一切?您想告诉我们这种事会发生?"

排险者盯着元首们长时间不说话,那怪异的目光使他们不寒而栗,他们中有人似乎悟出了什么:"您是说……"

排险者举起一只手制止他说下去,然后向真理祭坛的边缘走去。在那里,他用响亮的声音对所有人说:"你们一定很想知道我们是如何得到这个宇宙的大统一模型的,现在可以告诉你们了。

"很久很久以前,我们的宇宙比现在小得多,而且很热,恒星还没有出现,但已有物质从能量中沉淀出来,形成弥漫在散发着红光的太空中的星云。这时生命已经出现了,那是一种力场与稀薄的物质共同构成的生物,其个体看上去很像太空中的龙卷风。这种星云生物的进化速度快得像闪电,很快产生了遍布全宇宙的高度文明。当星云文明对宇宙终极真理的渴望达到顶峰时,全宇宙的所有世界一致同意,冒着真空衰变的危险进行创世能级的试验,以探索宇宙的大统一模型。

"星云生物操纵物质世界的方式与现今宇宙中的生命完全不同,由于没有足够多的物质可供使用,他们的个体自己进化为自己想要的东西。在最后的决定做出后,某些世界中的一些个体飞快地进化,把自己进化为加速器的一部分。最后,上百万个这样的星云生物排列起来,组成了一台能把粒子加速到创世能级的高能加速器。加速器启动后,暗红色的星云中出现了一个发出耀眼蓝光的灿烂光环。

"他们深知这个试验的危险,因此在试验进行的同时把得到的结果用引力波发射出去,引力波是唯一能在真空衰变后存留下来的信息载体。

"加速器运行了一段时间后,真空衰变发生了。低能级的真空球从原子大小以光速膨胀,转眼间扩大到天文尺度,内部的一切蒸发殆尽。真空球的膨胀速度大于宇宙的膨胀速度,虽然经过了漫长的时间,最后还是毁灭了整个宇宙。

"漫长的岁月过去了,在空无一物的宇宙中,被蒸发的物质缓慢地重新沉淀凝结,星云又出现了,但宇宙一片死寂,直到恒星和行星出现,生命才在宇宙中重新萌发。而这时,早已毁灭的星云文明发出的引力波还在宇宙中回荡,实体物质的重新出现使它迅速衰减,但就在它完全消失以前,被新宇宙中最早出现的文明接收到,它所携带的信息被破译,从这远古的试验数据中,新文明得到了大统一模型。他们发现,对建立模型最关键的数据,是在真空衰变前万分之一秒左右产生的。

"让我们的思绪再回到那个毁灭中的星云宇宙,由于真空球以光速膨胀,球体之外的所有文明世界都处于光锥视界之外,不可能预知灾难的到来,在真空球到达之前,这些世界一定在专心地接收着加速器产生的数据。在他们收到足够建立大统一模型的数据后的万分之一秒,真空球毁灭了一切。但请注意一点:星云生物的思维频率极高,万分之一秒对他们来说是一段相当长的时间,所以他们有可能在生命的最后时刻推导出了大统一模型。当然,这也可能只是我们的一种推测,更有可能的是他们最后什么也没推导出来。星云文明掀开了宇宙的面纱,但他们自己没来得及向宇宙那终极的美瞥一眼就毁灭了。更为可敬的是,开始试验前他们可能已经想到了这种可能——牺牲自己,把那些包含着宇宙终极秘密的数据传给遥远未来的文明。

"现在你们应该明白,对宇宙终极真理的追求,是文明的最终目标和归宿。"

排险者的讲述使真理祭坛上下的所有人陷入长久的沉思中,不管这个世界对他最后那句话是否认同,有一点可以肯定,他的讲述将对今后人类思想和文化的进程产生重大影响。

美国总统首先打破沉默说:"您为文明描述了一幕阴暗的前景,难道生命这漫长进程中所有的努力和希望,都是为了那飞蛾扑火的一瞬间?"

"飞蛾并不觉得阴暗,它至少享受了短暂的光明。"

"人类绝不可能接受这样的人生观!"

"这完全可以理解。在我们这个真空衰变后重生的宇宙中,文明还处于萌芽阶段,各个世界都有自己的生活方式,追求着不同的目标。对大多数世界来说,对终极真理的追求并不具有至高无上的意义,为此而冒着毁灭宇宙的危险,对宇宙中大多数生命是不公平的,即使在我自己的世界中。也并非所有的成员都愿意为此牺牲一切。所以,我们自己没有继续进行探索超统一模型的高能试验,并在整个宇宙中建立了排险系统。但我们相信,随着文明的进化,总有一天宇宙中的所有世界都会认同文明的终极目标。其实就是现在,就是在你们这样一个婴儿文明中,已经有人认同了这个目标。好了,时间快到了,如果各位不想用生命换取真理,就请你们下去,让那些想这么做的人上来。"

元首们走下真理祭坛,来到那些科学家面前,进行最后的努力。

法国总统说:"能不能这样:把这事稍往后放一放,让我陪大家去体验另一种生活,让我们放松自己,在黄昏的鸟鸣中看着夜幕降临大地,在银色的月光下听着怀旧的音乐,喝着美酒想着你心爱的人……这时你们就会发现,终极真理并不像你们想的那么重要,与你们追求的虚无缥缈的宇宙和谐之美相比,这样的美更让人陶醉。"

一位物理学家冷冷地说:"所有的生活都是合理的,我们没必要互相理解。"

法国元首还想说什么,美国总统已失去了耐心:"好了,不要对牛弹琴了!您还看不出来这是怎样一群毫无责任心的人?还看不出这是怎样一群骗子?他们声称为全人类的利益而研究,其实只是拿社会的财富满足自己的欲望,满足他们对那种玄虚的宇宙和谐美的变态欲望!"

丁仪挤上前来拍拍他的肩膀笑着说:"总统先生,科学发展到今天,终于有人对它的本质进行了比较准确的定义。"

旁边的松田诚一说:"我们早就承认这点,并反复声明,但一直没人相信我们。"

交　　换

生命和真理的交换开始了。

第一批八位数学家沿着长长的坡道向真理祭坛上走去。这时,沙漠上没有一丝风,仿佛大自然屏住了呼吸,寂静笼罩着一切,刚刚升起的太阳把他们的影子长长地投在沙漠上,那几条长影是这个凝固的世界中唯一能动的东西。

数学家们的身影消失在真理祭坛上,下面的人们看不到他们了。所有的人都凝神听着,他们首先听到祭坛上传来的排险者的声音,在死一般的寂静中这声音很清晰:"请提出问题。"

接着是一位数学家的声音:"我们想看到费尔玛和哥德巴赫两个猜想的最后证明。"

"好的,但证明很长,时间只够你们看关键的部分,其余用文字说明。"

排险者是如何向科学家们传授知识的,对人类一直是个谜。在远处的监视飞机上拍下的图像中,科学家们都在仰起头看着天空,而他们看的方向上空无一物。一个普遍被接受的说法是:外星人用某种思维波把信息直接输入到他们的大脑中。但实际情况比那要简单得多:排险者把信息投射在天空上,在真理祭坛上的人看来,整个地球的天空变成了一个显示屏,而在祭坛之外,什么角度都看不到。

一个小时过去了,真理祭坛上有个声音打破了寂静,有人说:"我们看完了。"

接着是排险者平静的回答："你们还有十分钟的时间。"

真理祭坛上隐隐传来了多个人的交谈声，只能听清只言片语，但能清楚地感受到那些人的兴奋和喜悦，像是一群在黑暗的隧道中跋涉了一年的人突然看到了洞口的光亮。

"……这完全是全新的……""……怎么可能……""……我以前在直觉上……""……天哪，真是……"

当十分钟就要结束时，真理祭坛上响起了一个清晰的声音："请接受我们八个人真诚的谢意。"

真理祭坛上闪起一片强光，强光消失后，下面的人们看到八个等离子体火球从祭坛上升起，轻盈地向高处飘升。它们的光度渐渐减弱，由明亮的黄色变成柔和的橘红色，最后一个接一个地消失在蓝色的天空中，整个过程悄无声息。从监视飞机上看，真理祭坛上只剩下排险者站在圆心。

"下一批！"他高声说。在上万人的凝视下，又有十一个人走上了真理祭坛。

"请提出问题。"

"我们是古生物学家，想知道地球上恐龙灭绝的真正原因。"

古生物学家们开始仰望长空，但所用的时间比刚才数学家们短得多，很快有人对排险者说："我们知道了，谢谢！"

"你们还有十分钟。"

"……好了，七巧板对上了……""……做梦也不会想到那方面去……""……难道还有比这更……"

然后强光出现又消失，十一个火球从真理祭坛上飘起，很快消失在沙漠上空。

……

一批又一批的科学家走上真理祭坛，完成了生命和真理的交换，在强光中化为美丽的火球飘逝而去。

一切都在庄严与宁静中进行，真理祭坛下面，预料中生离死别的景象并没有出现，全世界的人们静静地看着这壮丽的景象，心灵被深深地震撼了。人类在经历着一场有史以来最大的灵魂洗礼。

一个白天的时间不知不觉过去了，太阳已在西方地平线处落下了一半，夕阳给真理祭坛洒上了一层金辉。物理学家们开始走向祭坛，他们是人数最多的一批，有八十六人。就在这一群人刚刚走上坡道时，从日出时一直持续到现在的寂静被一个童声打破了。

"爸爸！"文文哭喊着从草坪上的人群中冲出来，一直跑到坡道前，冲进那群物理学家中，抱住了丁仪的腿，"爸爸，我不让你变成火球飞走！"

丁仪轻轻抱起了女儿，问她："文文，告诉爸爸，你能记起来的最让自己难受的事是什么？"

文文抽泣着想了几秒钟，说："我一直在沙漠里长大，最……最想去动物园。上次爸爸去南方开会，带我去了那边的一个大大的动物园，可刚进去，你的电话就响了，说工作上有急事。那是个天然动物园，小孩儿一定要大人带着才能进去，我也只好跟你回去了，后来你再也没时间带我去。爸爸，这是最让我难受的事儿，在回来的飞机上我一直哭。"

丁仪说："但是，好孩子，那个动物园你以后肯定有机会去，妈妈以后会带文文去的。爸爸现在也在一个大动物园的门口，那里面也有爸爸做梦都想看到的神奇的东西，而爸爸如果这次不去，以后真的再也没机会了。"

文文用泪汪汪的大眼睛呆呆地看了爸爸一会儿，点点头说："那……那爸爸就去吧。"

方琳走过来，从丁仪怀中抱走了女儿，眼睛看着前面矗立的真理祭坛说："文文，你爸爸是世界上最坏的爸爸，但他真的很想去那个动物园。"

丁仪两眼看着地面，用近乎祈求的声调说："是的，文文，爸爸真的很想去。"

方琳用冷冷的目光看着丁仪说："冷血的基本粒子，去完成你最后的碰撞吧。记住，我绝不会让你女儿成为物理学家的！"

这群人正要转身走去，另一个女性的声音使他们又停了下来。

"松田君，你要再向上走，我就死在你面前！"

说话的是一位娇小美丽的日本姑娘，她此时站在坡道起点的草地上，将一把银色的小手枪顶在自己的太阳穴上。

松田诚一从那群物理学家中走了出来，走到姑娘的面前，直视着她的双眼说："泉子，还记得北海道那个寒冷的早晨吗？你说要出道题考验我是否真的爱你，你问我，如果你的脸在火灾中被烧得不成样子，我该怎么办。我说我将忠贞不渝地陪伴你一生。你听到这回答后很失望，说我并不是真的爱你，如果我真的爱你，就会弄瞎自己的双眼，让一个美丽的泉子永远留在心中。"

泉子拿枪的手没有动，但美丽的双眼盈满了泪水。

松田诚一接着说："所以，亲爱的，你深知美对一个人生命的重要。现在，宇宙终极之美就在我面前，我能不看它一眼吗？"

"你再向上走一步我就开枪！"

松田诚一对她微笑了一下，轻声说："泉子，天上见。"然后转身和其他物理学家一起沿坡道走向真理祭坛。身后脆弱的枪声和柔软的躯体倒地的声音，都没使他们回头。

物理学家们走上了真理祭坛那圆形的顶面，在圆心，排险者微笑着向他们致意。突然间，映着晚霞的天空消失了，地平线处的夕阳消失了，沙漠和草地都消失了，真理祭坛悬浮于无际的黑色太空中，这是创世前的黑夜，没有一颗星星。排险者挥手指向一个方向，物理学家们看到在遥远的黑色深渊中有一颗金色的星星，它开始小得难以看清，后来由一个亮点渐渐增大，开始具有面积和形状，他们看出那是一个向这里飘来的旋涡星系。星系很快增大，显出它磅礴的气势。距离更近一些后，他们发现星系中的恒星都是数字和符号，它们组成的方程式构成了这金色星海中的一排排波浪。

宇宙大统一模型缓慢而庄严地从物理学家们的上空移过。

……

当八十六个火球从真理祭坛上升起时，方琳眼前一黑，倒在草地上，她隐约听到文文的声音："妈妈，那些哪个是爸爸？"

最后一个上真理祭坛的人是史蒂芬·霍金，他的电动椅沿着长长的坡道慢慢向上移动，像一只在树枝上爬行的昆虫。他那仿佛已抽去骨骼的绵软的身躯瘫陷在轮椅中，像一支在高温中变软且即将熔化的蜡烛。

轮椅终于驶上了祭坛，在空旷的圆面上驶到了排险者面前。这时，太阳落下了一段时间，暗蓝色的天空中有零星的星星出现，祭坛周围的沙漠和草地模糊了。

"博士，您的问题？"排险者问，对霍金，他似乎并没有表示出比对其他人更多的尊重，他面带着毫无特点的微笑，听着博士轮椅上的扩音器发出的呆板的电子声音："宇宙的目的是什么？"

天空中没有答案出现，排险者脸上的微笑消失了，他的双眼中掠过了一丝不易觉察的恐慌。

"先生？"霍金问。

仍是沉默，天空仍是一片空旷，在地球的几缕薄云后面，宇宙的群星正在涌现。

"先生？"霍金又问。

"博士，出口在您后面。"排险者说。

"这是答案吗？"

排险者摇摇头："我是说您可以回去了。"

"你不知道？"

排险者点点头说："我不知道。"这时，他的面容第一次不仅是一个人类符号。一阵悲哀的黑云涌上这张脸，这悲哀表现得那样生动和富有个性，这时谁也不怀疑他是一个人，而且是一个最平常因而最不平常的普通人。

"我怎么知道？"排险者喃喃地说。

尾　　声

十五年之后的一个夜晚，在已被变成草原的昔日的塔克拉玛干沙漠上，有一对母女正在交谈。母亲四十多岁，但白发已过早出现在她的双鬓，从那饱经风霜的双眼中透出的，除了忧伤就是疲倦。女儿是一位苗条的姑娘，大而清澈的双眸中映着晶莹的星光。

母亲在柔软的草地上坐下来，两眼失神地看着模糊的地平线说："文文，你当初报考你爸爸母校的物理系，现在又要攻读量子引力专业的博士学位，妈都没拦你。你可以成为一名理论物理学家，甚至可以把这门学科当作自己唯一的精神寄托，但，文文，妈求你了，千万不要越过那条线啊！"

文文仰望着灿烂的银河，说："妈妈，你能想象，这一切都来自于两百亿年前一个没有大小的奇点吗？宇宙早就越过那条线了。"

方琳站起来，抓着女儿的肩膀说："孩子，求你别这样！"

文文的双眼仍凝视着星空，一动不动。

"文文，你在听妈妈说话吗？你怎么了？！"方琳摇晃着女儿。

文文的目光仍被星海吸引，收不回来，她盯着群星问："妈妈，宇宙的目的是什么？"

"啊……不——"方琳彻底崩溃了，又跌坐在草地上，双手捂着脸抽泣着，"孩子，别，别这样！"

文文终于收回了目光，蹲下来扶着妈妈的双肩，轻声问道："那么，妈妈，人生的目的是什么？"

这个问题像一块冰，使方琳灼烧的心立刻冷了下来，她扭头看了女儿一眼，然后看着远方深思。十五年前，就在她看着的那个方向，曾矗立过真理祭坛，再远些，爱因斯坦赤道曾穿过沙漠。

微风吹来，草海上涌起道道波纹，仿佛是星空下无际的骚动的人海，向整个宇宙无声地歌唱着。

"不知道，我怎么知道呢？"方琳喃喃地说。

带上她的眼睛

连续工作了两个多月,我实在累了,便请求主任给我两天假,出去短暂旅游一下散散心。主任答应了,条件是我再带一双眼睛去,我也答应了,于是他带我去拿眼睛。眼睛放在控制中心走廊尽头的一个小房间里,现在还剩下十几双。

主任递给我一双眼睛,指指前面的大屏幕,把眼睛的主人介绍给我,是一个好像刚毕业的小姑娘,呆呆地看着我。在肥大的太空服中,她更显得娇小,一副可怜兮兮的样子,显然刚刚体会到太空不是她在大学图书馆中想象的浪漫天堂,某些方面可能比地狱还稍差些。

"麻烦您了,真不好意思。"她连连向我鞠躬,这是我听到过的最轻柔的声音,我想象着这声音从外太空飘来,像一阵微风吹过轨道上那些庞大粗陋的钢结构,使它们立刻变得像橡皮泥一样软。

"一点都不,我很高兴有个伴儿的。你想去那儿?"我豪爽地说。

"什么?您自己还没决定去哪儿?"她看上去很高兴。但我立刻感到两个异样的地方:其一,地面与外太空通信都有延时,即使在月球,延时也有两秒钟,小行星带延时更长,但她的回答几乎感觉不到延时,这就是说,她现在在近地轨道,那里回地面不用中转,费用和时间都不需多少,没必要托别人带眼睛去度假;其二是她身上的太空服,作为航天个人装备工程师,我觉得这种太空服很奇怪:在服装上看不到防辐射系统。放在她旁边的头盔的面罩上也没有强光防护系统。我还注意到,这套服装的隔热和冷却系统异常发达。

"她在哪个空间站?"我扭头问主任。

"先别问这个吧。"主任的脸色很阴沉。

"别问好吗?"屏幕上的她也说,还是那副让人心软的小可怜样儿。

"你不会是被关禁闭了吧?"我开玩笑说,因为她所在的舱室十分窄小,显然是一个航行体的驾驶舱,各种复杂的导航系统此起彼伏地闪烁着,但没有窗子,也没有观察屏幕,只有一支在她头顶打转的失重的铅笔说明她是在太空中。

听了我的话,她和主任似乎都愣了一下,我赶紧说:"好,我不问自己不该知道的事了,还是你来决定我们去哪儿吧。"

这个决定对她很艰难,她的双手在太空服的手套里握在胸前,双眼半闭着,似乎是在决定生存还是死亡,或者认为地球在我们这次短暂的旅行后就要爆炸了。我不由笑出声来。

"哦,这对我来说不容易,您要是看过海伦·凯勒的《假如给我三天光明》的话,就能明白这多难了!"

"我们没有三天,只有两天。在时间上,这个时代的人都是穷光蛋。但比那个20世纪盲人幸运的是,我和你的眼睛在三小时内可到达地球的任何一个地方。"

"那就去我们起航前去过的地方吧!"她告诉了我那个地方,于是我带着她的眼睛去了。

草　　原

这是高山与平原、草原与森林的交接处,距我工作的航天中心有2000多千米,乘电离层飞机用了十五分钟就到了这儿。面前的塔克拉玛干,经过几代人的努力,已由沙漠变成了草原,又经过几代强有力的人口控制,这儿再次变成了人迹罕至的地方。现在大草原从我面前一直延伸到天边,背后的天山覆盖着暗绿色的森林,几座山顶还有银色的雪冠。我掏出她的眼睛戴上。

所谓眼睛就是一副传感眼镜,当你戴上它时,你所看到的一切图像由超高频信息波发射出去,可以被远方的另一个戴同样传感眼镜的人接收到,于是他就能看到你所看到的一切,就像你带着他的眼睛一样。

现在,长年在月球和小行星带工作的人已有上百万,他们回地球度假的费用是惊人的,于是吝啬的宇航局就设计了这玩意儿,于是每个生活在外太空的宇航员在地球上都有了另一双眼睛,由这里真正能去度假的幸运儿带上这双眼睛,让身处外太空的那个思乡者分享他的快乐。这个小玩意儿开始被当作笑柄,但后来由于用它"度假"的人能得到可观的补助,竟流行开来。最尖端的技术被采用,这人造眼睛越做越精致,现在,它竟能通过采集戴着它的人的脑电波,把他(她)的触觉和味觉一同发射出去。多带一双眼睛去度假成了宇航系统地面工作人员从事的一项公益活动,由于度假中的隐私等原因,并不是每个人都乐意再带双眼睛,但我这次无所谓。

我对眼前的景色大发感叹,但从她的眼睛中,我听到了一阵轻轻的抽泣声。

"上次离开后,我常梦到这里,现在回到梦里来了!"她细细的声音从她的眼睛中传出来,"我现在就像从很深很深的水底冲出来呼吸到空气,我太怕封闭了。"

我从中真的听到她在深呼吸。

我说:"可你现在并不封闭,同你周围的太空比起来,这草原太小了。"

她沉默了,似乎连呼吸都停止了。

"啊,当然,太空中的人还是封闭的,20世纪的一个叫耶格尔的飞行员曾有一句话是描述飞船中的宇航员的,说他们像……"

"罐头中的肉。"

我们都笑了起来。她突然惊叫:"呀,花儿,有花啊!上次我来时是没有的!"是的,广阔的草原上到处点缀着星星点点的小花。

"能近些看看那朵花吗?"

我蹲下来看。

"呀,真美啊!能闻闻她吗?不,别拔下她!"

我只好半趴到地上闻,一缕淡淡的清香。"啊,我也闻到了,真像一首隐隐传来的小夜曲呢!"

我笑着摇摇头,这是一个风云变幻的时代,女孩子们都浮躁到了极点,像这样的见花落泪的林妹妹真是太少了。

"我们给这朵小花起个名字,好吗?嗯……叫她梦梦吧。我们再看看那一朵好吗?她该叫什么呢?嗯,叫小雨吧。再到那一朵那儿去,啊,谢谢,看她的淡蓝色,她的名字应该是月光……"

我们就这样一朵朵地看花,闻花,然后再给她们起名字。她陶醉于其中,没完没了地进行下去,忘记了一切。我对这套小女孩的游戏实在厌烦了,到我坚持停止时,我们已给上百朵花起了名字。

一抬头,我发现已走出了好远,便回去拿丢在后面的背包,当我拾起草地上的背包时,又听到了她的惊叫:"天哪,你把小雪踩住了!"

我扶起那朵白色的野花,觉得很可笑,就用两只手各捂住一朵小花,问她:"她们都叫什么?什么样儿?"

"左边那朵叫水晶,也是白色的,她的茎上有分开的三片叶儿;右边那朵叫火苗,粉红色,茎上有四片叶子,上面两片是单的,下面两片连在一起。"

她说的话都对,我有些感动了。

"你看,我和她们都互相认识了,以后漫长的日子里,我会好多次一遍遍地想她们每一个的样儿,像背一本美丽的童话书。你那儿的世界真好!"

"我这儿的世界?要是你再这么孩子气地多愁善感下去,这也是你的世界了,那些挑剔的太空心理医生会让你永远待在地球上。"

我在草原上无目标地漫步,很快来到一条隐没在草丛中的小溪旁。我迈过去继续向前走,她叫住了我,说:"我真想把手伸到小河里。"

我蹲下来把手伸进溪水,一股清凉流遍全身,她的眼睛用超高频信息波把这感觉传给远在太空中的她,我又听到了她的感叹。

"你那儿很热吧?"我想起了她那窄小的控制舱和隔热系统异常发达的太空服。

"热,热得像……地狱。呀,天啊,这是什么?草原的风?!"这时我刚把手从水中拿出来,微风吹在湿手上凉丝丝的,"不,别动,这真是天国的风呀!"

我把双手举在草原的微风中,直到手被吹干。然后应她的要求,我又把手在溪水中打湿,再举到风中把天国的感觉传给她。我们就这样又消磨了很长时间。

再次上路后,沉默地走了一段,她又轻轻地说:"你那儿的世界真好。"

我说:"我不知道,灰色的生活把我这方面的感觉都磨钝了。"

"怎么会呢?!这世界能给人多少感觉啊!谁要能说清这些感觉,就如同要说清大雷雨有多少雨点一样。看天边那大团的白云,银白银白的,我这时觉得它们好像是固态的,像发光玉石构成的高山。下面的草原,这时倒像是气态的,好像所有的绿草都飞离了大地,成了一片绿色的云海。看!当那片云遮住太阳又飘开时,草原上光和影的变幻是多么气势磅礴啊!看看这些,您真的感受不到什么吗?"

……

我带着她的眼睛在草原上转了一天,她渴望地看草原上的每一朵野花,每一棵小草,看草丛中跃动的每一缕阳光,渴望听草原上的每一种声音。一条突然出现的小溪,小溪中的一条小鱼,都会令她激动不已;一阵不期而至的微风,风中一缕绿草的清香,都会让她落泪……我感到,她对这个世界的情感已丰富到病态的程度。

日落前，我走到了草原中一间孤零零的白色小屋，那是为旅游者准备的一间小旅店，似乎好久没人光顾了，只有一个迟钝的老式机器人照看着旅店里的一切。我又累又饿，可晚饭只吃到一半，她又提议我们立刻去看日落。

"看着晚霞渐渐消失，夜幕慢慢降临森林，就像在听一首宇宙间最美的交响曲。"她陶醉地说。我暗暗叫苦，但还是拖着沉重的双腿去了。

草原的落日确实很美，但她对这种美倾泻的情感使这一切有了一种异样的色彩。

"你很珍视这些平凡的东西。"回去的路上我对她说，这时夜色已很重，星星已在夜空中出现。

"你为什么不呢，这才像在生活。"她说。

"我，还有其他的大部分人，不可能做到这样。在这个时代，得到太容易了。物质的东西自不必说，蓝天绿水的优美环境、乡村和孤岛的宁静等都可以毫不费力地得到。甚至以前人们认为最难寻觅的爱情，在虚拟现实网上至少也可以暂时体会到。所以人们不再珍视什么了，面对着一大堆伸手可得的水果，他们把拿起的每一个咬一口就扔掉。"

"但也有人面前没有这些水果。"她低声说。

我感觉自己刺痛了她，但不知为什么。回去的路上，我们都没再说话。

这天夜里的梦境中，我看到了她，穿着太空服在那间小控制舱中，眼里含泪，向我伸出手来喊："快带我出去，我怕封闭！"我惊醒了，发现她真在喊我，我是戴着她的眼睛仰躺着睡的。

"请带我出去好吗？我们去看月亮，月亮该升起来了！"

我脑袋发沉，迷迷糊糊很不情愿地起了床。到外面后发现月亮真的刚升起来，草原上的夜雾使它有些发红。月光下的草原也在沉睡，有无数点萤火虫的幽光在朦朦胧胧的草海上浮动，仿佛是草原的梦在显形。

我伸了个懒腰，对着夜空说："喂，你是不是从轨道上看到月光照到这里？告诉我你的飞船的大概方位，说不定我还能看到呢，我肯定它是在近地轨道上。"

她没有回答我的话，而是自己轻轻哼起了一首曲子，一小段旋律过后，她说："这是德彪西的《月光》。"又接着哼下去，陶醉于其中，完全忘记了我的存在。《月光》的旋律同月光一起从太空降落到草原上。我想象着太空中的那个娇弱的女孩，她的上方是银色的月球，下面是蓝色的地球，小小的她从中间飞过，把音乐融入月光……

直到一个小时后我回去躺到床上，她还在哼着音乐，是不是德彪西的我就不知道了，那轻柔的乐声一直在我的梦中飘荡着。

不知过了多久，音乐变成了呼唤，她又叫醒了我，还要出去。

"你不是看过月亮了吗？！"我生气地说。

"可现在不一样了，记得吗，刚才西边是有云的，现在那些云可能飘过来了，现在月亮正在云中时隐时现呢，想想草原上的光和影，多美啊！那是另一种音乐了，求你带我的眼睛出去吧！"

我十分恼火，但还是出去了。云真的飘过来了，月亮在云中穿行，草原上大块的光斑在缓缓浮动，如同大地深处浮现的远古的记忆。

"你像是来自18世纪的多愁善感的诗人，完全不适合这个时代，更不适合当宇航员。"我对着夜空说，然后摘下她的眼睛，挂到旁边一棵红柳的枝上，"你自己看月亮吧，我真的得睡觉去了，明天还要赶回航天中心，继续我那毫无诗意的生活呢。"

她的眼睛中传出了她细细的声音，我听不清说什么，径自回去了。

我醒来时天已大亮，阴云已布满了天空，草原笼罩在蒙蒙的小雨中。她的眼睛仍挂在红柳枝上，镜片上蒙上了一层水雾。我小心地擦干镜片，戴上它。原以为她看了一夜月亮，现在还在睡觉，却从眼睛中听到了她低低的抽泣声，我的心一下子软下来。

和名师一起读名著

"真对不起,我昨天晚上实在太累了。"

"不,不是因为你,呜呜,天从三点半就阴了,五点多又下起雨……"

"你一夜都没睡?!"

"……呜呜,下起雨,我,我看不到日出了,我好想看草原的日出,呜呜,好想看的,呜……"

我的心像是被什么东西融化了,脑海中出现她眼泪汪汪,小鼻子一抽一抽的样儿,眼睛竟有些湿润。不得不承认,在过去的一天一夜里,她教会了我某种东西,一种说不清的东西,像月夜中草原上的光影一样朦胧,由于它,以后我眼中的世界与以前会有些不同的。

"草原上总还会有日出的,以后我一定会再带你的眼睛来,或者,带你本人来看,好吗?"

她不哭了,突然,她低声说:"听……"

我没听见什么,但紧张起来。

"这是今天的第一声鸟叫,雨中也有鸟呢!"她激动地说,那口气如同听到世纪钟声一样庄严。

落日六号

又回到了灰色的生活和忙碌的工作中,以上的经历我很快就淡忘了。很长时间后,当我想起洗那些那次旅行时穿的衣服时,在裤脚上发现了两三颗草籽。同时,在我的意识深处,也有一颗小小的种子留了下来。在我孤独寂寞的精神沙漠中,那颗种子已长出了令人难以察觉的绿芽。虽然是无意识地,当一天的劳累结束后,我已能感觉到晚风吹到脸上时那淡淡的诗意,鸟儿的鸣叫已能引起我的注意,我甚至黄昏时站在天桥上,看着夜幕降临城市……世界在我的眼中仍是灰色的,但星星点点的嫩绿在其中出现,并在增多。当这种变化发展到让我觉察出来时，我又想起了她。

也是无意识地，在闲暇时甚至睡梦中，她身处的环境常在我的脑海中出现，那封闭窄小的控制舱，奇怪的隔热太空服……后来这些东西在我的意识中都隐去了，只有一样东西凸现出来，这就是那在她头顶上打转的失重的铅笔，不知为什么，一闭上眼睛，这支铅笔总在我的眼前飘浮。终于有一天，上班时我走进航天中心高大的门厅，一幅见过无数次的巨大壁画把我吸引住了，壁画上是从太空中拍摄的蔚蓝色的地球。那支飘浮的铅笔又在我的眼前出现了，同壁画叠印在一起，我又听到了她的声音："我怕封闭……"一道闪电在我的脑海里出现。

除了太空，还有一个地方会失重！

我发疯似的跑上楼，猛砸主任办公室的门。他不在，我仿佛和他心有灵犀，知道他在哪儿，就飞跑到存放眼睛的那个小房间，他果然在里面，看着大屏幕。她在大屏幕上，还在那个封闭的控制舱中，穿着那件"太空服"，画面凝固着，是以前录下来的。

"是为了她来的吧。"主任说，眼睛还看着屏幕。

"她到底在哪儿？！"我大声问。

"你可能已经猜到了，她是'落日六号'的领航员。"

一切都明白了，我无力地跌坐在地毯上。

"落日工程"原计划发射十艘飞船，它们是"落日一号"到"落日十号"，但计划由于"落日六号"的失事而中断了。"落日工程"是一次标准的探险航行，它的航行程序同航天中心的其他航行几乎一样。

唯一不同的是，"落日"飞船不是飞向太空，而是潜入地球深处。

第一次太空飞行一个半世纪后，人类开始了向相反方向的探险，"落日"系列地航飞船就是这种探险的首次尝试。

四年前，我在电视中看到过"落日一号"发射时的情景。那时正是深夜，吐鲁番盆地的中央出现了一个如太阳般耀眼的火球，火球的光芒使新疆夜空中的云层变成了绚丽的朝霞。当火球暗下来时，"落日一号"已潜入地层。大地被烧红了一大片，这片圆形的发着红光的区域中央，是一个岩浆的湖泊，白热化的岩浆沸腾着，激起一根根雪亮的浪柱……那一夜，远至乌鲁木奇，都能感到飞船穿过地层时传到大地上的微微震动。

"落日工程"的前五艘飞船都成功地完成了地层航行，安全返回地面。其中"落日五号"创造了迄今为止人类在地层中航行深度的纪录：海平面下3100千米。"落日六号"不打算突破这个纪录。因为据地球物理学家的结论，在地层3400到3500千米深处，存在着地幔和地核的交界面，学术上把它叫作"古腾堡不连续面"，一旦通过这个交界面，便进入地球的液态铁镍核心，那里物质密度骤然增大，"落日六号"的设计强度是不允许在如此大的密度中航行的。

"落日六号"的航行开始很顺利，飞船只用了两个小时便穿过了地表和地幔的交界面——莫霍不连续面，并在大陆板块漂移的滑动面上停留了五个小时，然后开始了在地幔中3000多千米的漫长航行。宇宙航行是寂寞的，但宇航员们能看到无限的太空和壮丽的星群；而地航飞船上的领航员们，只能凭感觉触摸飞船周围不断向上移去的高密度物质。从飞船上的全息后视电视中能看到这样的情景：炽热的岩浆刺目地闪亮着，翻滚着，随着飞船的下潜，在船尾飞快地合拢起来，瞬间充满了飞船通过的空间。有一名领航员回忆：他们一闭上眼睛，就看到了飞快合拢并压下来的岩浆，这个幻象使航行者意识到压在他们上方那巨量的并不断增厚的物质，一种地面上的人难以理解的压抑感折磨着地航飞船中的每一个人，他们都受到这种封闭恐惧症的袭击。

"落日六号"出色地完成着航行中的各项研究工作。飞船的速度大约是每小时15千米，飞船需要航行二十小时才能到达预定深度。但在飞船航行十五小时四十分钟时，警报出现了。从地层雷达的探测中得知，航行区的物质密度由每立方厘米6.3克猛增到9.5

克，物质成分由硅酸盐类突然变为以铁镍为主的金属，物质状态也由固态变为液态。尽管"落日六号"当时只到达了2500千米的深度，可所有的迹象却冷酷地表明，他们闯入了地核！后来得知，这是地幔中一条通向地核的裂隙。地核中的高压液态铁镍充满了这条裂隙，使得在"落日六号"的航线上，古腾堡不连续面向上延伸了近1000千米！飞船立刻紧急转向，企图冲出这条裂隙，不幸就在这时发生了：由中子材料制造的船体顶住了突然增加到每平方厘米1600吨的巨大压力，但是，飞船分为前部烧熔发动机、中部主舱和后部推进发动机三大部分，当飞船在远大于设计密度和设计压力的液态铁镍中转向时，烧熔发动机与主舱结合部断裂，从"落日六号"用中微子通信发回的画面中我们看到，已与船体分离的烧熔发动机在一瞬间被发着暗红光的液态铁镍吞没了。地层飞船的烧熔发动机用超高温射流为飞船切开航行方向的物质，没有它，只剩下一台推进发动机的"落日六号"在地层中是寸步难行的。地核的密度很惊人，但构成飞船的中子材料密度更大，液态铁镍对飞船产生的浮力小于它的自重，于是，"落日六号"便向地心沉下去。

人类登月后，用了一个半世纪才有能力航行到土星。在地层探险方面，人类也要用同样的时间才有能力从地幔航行到地核。现在地航飞船误入地核，就如同20世纪中期的登月飞船偏离月球迷失于外太空，获救的希望是丝毫不存在的。

好在"落日六号"主舱的船体是可靠的，船上的中微子通信系统仍和地面控制中心保持着完好的联系。以后的一年中，"落日六号"航行组坚持工作，把从地核中得到的大量宝贵资料发送到地面。他们被裹在几千千米厚的物质中，这里别说空气和生命，连空间都没有，周围是温度高达5000摄氏度，压力可以把碳在一秒钟内变成金刚石的液态铁镍！它们密密地挤在"落日六号"的周围，密得只有中微子才能穿过，"落日六号"处于一个巨大的炼炉中！在这样的世界里，《神曲》中的《地狱篇》像是在描写天堂了；在这样的世界里,生命算什么?仅仅能用脆弱来描写它吗?

沉重的心理压力像毒蛇一样撕裂着"落日六号"领航员们的神经。一天,船上的地质工程师从睡梦中突然跃起,竟打开了他所在的密封舱的绝热门!虽然这只是四道绝热门中的第一道,但瞬间涌入的热浪立刻把他烧成了炭。指令长在一个密封舱飞快地关上了绝热门,避免了"落日六号"的彻底毁灭。他自己被严重烧伤,在写完最后一页航行日志后死去了。

从那以后,在这个星球的最深处,在"落日六号"上,只剩下她一个人了。

现在,"落日六号"内部已完全处于失重状态,飞船已下沉到 6800 千米深处,那里是地球的最深处,她是第一个到达地心的人。

她在地心的世界是那个活动范围不到 10 平方米的闷热的控制舱。飞船上有一个中微子传感眼镜,这个装置使她同地面世界多少保持着一些感性的联系。但这种如同生命线的联系不能长时间延续下去,飞船里中微子通信设备的能量很快就要耗尽,现有的能量已不能维持传感眼镜的超高速数据传输,这种联系在三个月前就中断了,具体时间是在我从草原返回航天中心的飞机上,当时我已把她的眼睛摘下来放到旅行包中。

那个没有日出的细雨蒙蒙的草原早晨,竟是她最后看到的地面世界。

后来"落日六号"同地面只能保持着语音和数据通信,而这个联系也在一天深夜中断了,她被永远孤独地封闭于地心中。

"落日六号"的中子材料外壳足以抵抗地心的巨大压力,而飞船上的生命循环系统还可以运行五十至八十年,她将在这不到 10 平方米的地心世界里度过自己的余生。

我不敢想象她同地面世界最后告别的情形,但主任让我听的录音出乎我的意料。这时来自地心的中微子波束已很弱,她的声音时断时续,但这声音很平静。

"……你们发来的最后一份补充建议已经收到，今后，我会按照整个研究计划努力工作的。将来，可能是几代人以后吧，也许会有地心飞船找到'落日六号'并同它对接，有人会再次进入这里，但愿那时我留下的资料会有用。请你们放心，我会在这里安排好自己的生活。我现在已适应这里，不再觉得狭窄和封闭了，整个世界都围着我呀，我闭上眼睛就能看见上面的大草原，还可以清楚地看见每一朵我起了名字的小花呢。再见。"

透明地球

在以后的岁月中，我到过很多地方，每到一处，我都喜欢躺在那里的大地上。我曾经躺在海南岛的海滩上、阿拉斯加的冰雪上、俄罗斯的白桦林中、撒哈拉烫人的沙漠上……每到那个时刻，地球在我脑海中就变得透明了，在我下面6000多千米深处，在这巨大的水晶球中心，我看到了停泊在那里的"落日六号"地航飞船，感受到了从几千千米深的地球中心传出的她的心跳。我想象着金色的阳光和银色的月光透射到这个星球的中心，我听到了那里传出她吟唱的《月光》，还听到她那轻柔的话音："……多美啊，这又是另一种音乐了……"

有一个想法安慰着我：不管走到天涯海角，我离她都不会再远了。

郝景芳作品

作者简介

郝景芳，1984年生，天津人，清华大学经济学博士，著名作家。2002年获全国第四届"新概念作文大赛"一等奖，2016年凭借《北京折叠》获得第74届雨果奖最佳中短篇小说奖。本书所收《祖母家的夏天》，曾获2007年中国科幻银河奖读者提名奖，《谷神的飞翔》获2007年首届九州奖暨第二届"原创之星"征文大赛一等奖。

祖母家的夏天

"他默默地凝思着，成了他的命定劫数的一连串没有联系的动作，正是他自己创造的。"

经历过这个夏天，我终于开始明白加缪说西西弗斯的话。

我从来没有像现在这样看待过"命运"这个词。以前的我一直以为，命运要么已经被设定好只等我们遵循，要么根本不存在而需要我们自行规划。

我没想过还有其他可能。

一

8月，我来到郊外的祖母家，躲避喧嚣就像牛顿躲避瘟疫。我什么都不想，只想要一个安静的夏天。

车子开出城市，行驶在烟尘漫卷的公路上。我把又大又空的背包塞在座位底下，斜靠着窗户。

其实我试图逃避的事很简单，大学延期毕业，跟女朋友分手，再加上一点点对任何事都提不起兴趣的倦怠。除了最后一条让我有点恐慌外，一切都没什么大不了的。我不喜欢哭天喊地。

妈妈很赞同，她说找个地方好好整理心情，重整旗鼓。她以为我很痛苦，但其实不是。只是我没办法向她解释清楚。

祖母家在山脚下一座二层小别墅，红色屋顶藏进浓密的树丛。

木门上挂着一块小黑板，上面写着一行字："战战，我去买些东西，门没锁，你来了就自己进去吧。冰箱里有吃的。"

和名师一起读名著

我试着拉了拉门把手,没拉动,转也转不动,加了一点力也还是不行。我只好在台阶上坐下来等。

祖母真是老糊涂了,我想,准是出门时顺手锁上了自己都不记得。

祖父去世得早,祖母退休以后一直住在这里,爸爸妈妈想给她在城里买房子,她却执意不肯。祖母说自己独来独往惯了,不喜欢城里的吵闹。

祖母一直是大学老师,头脑身体都还好,于是爸爸也就答应了。我们常说来这里度假,但不是爸爸要开会,就是我自己和同学聚会走不开。

不知道祖母一个人能不能照顾好自己,我坐在台阶上暗暗地想。

傍晚时分,祖母终于回来了,她远远看到我就加快了步子,微笑着问:"战战,几点来的?怎么不进屋?"

我拍拍屁股站起身来,祖母走上台阶,把大包小包都交到右手,同时用左手推门轴那一侧——就是与门把手相反的那一侧——结果门就那么轻描淡写地开了。祖母先进去,给我拉着门。

我的脸微微有点发红,连忙跟了进去。看来自己之前是多虑了。

夜晚降临。郊外的夜寂静无声,只有月亮照着树影婆娑。

祖母很快做好了饭,浓郁的牛肉香充满小屋,让颠簸了一天的我食指大动。

"战战,替我到厨房把沙拉酱拿来。"祖母小心翼翼地把蘑菇蛋羹摆上桌子。

祖母的厨房大而色彩柔和,炉子上面烧着汤,热气氤氲。

我拉开冰箱,却大惊失色:冰箱里是烤盘,四壁已经烤得红彤彤,一排苹果派正在扑扑地起酥,黄油和蜂蜜的甜香味扑面而来。

原来这是烤箱。我连忙关门。

那么冰箱是哪一个呢?我转过身,炉子下面有一个镶玻璃的铁门,我原本以为那是烤箱。我走过去,拉开,发现那是洗碗机。

于是我拉开洗碗机，发现是净水器；拉开净水器，发现是垃圾桶；拉开垃圾桶，发现里面干净整齐地摆满了各种 CD。

最后我才发现，原来窗户底下的暖气——我最初以为是暖气的条纹柜——里面才是冰箱。我找到了沙拉酱，特意打开闻了闻，生怕其中装的是炼乳，确认没有问题，才回到客厅。

祖母已经摆好了碗筷，我一坐下就开始狼吞虎咽。

二

接下来的几天，我一直在为认清东西而努力斗争。

祖母家几乎没有几样东西能和它们通常的外表对应，咖啡壶是笔筒，笔筒是打火机，打火机是手电筒，手电筒是果酱瓶。

最后一条让我吃了点苦头。当时是半夜，我起床去厕所，随手抓起了客厅的手电筒，结果抓了一手果酱，黑暗中黏黏湿湿，吓得我睡意全无。待我弄明白原委，第一个念头就是去拿手纸，然而手纸盒里面是白糖，我想去开灯，谁知台灯是假的，开关原来是老鼠夹。

只听"啪"的一声，我陷入了尴尬的境地：左手是果酱蘸白糖，右手是涂着奶酪的台灯。

"奶奶！"我唤了一声，但是没有回答。我只好举着两只手上楼。她的卧室黑着灯，柠檬黄色的光从走廊尽头的一个小房间里透出来。

"奶奶？"我在房间外试探着叫了一声。

一阵细碎的桌椅拖动的声音后，祖母出现在门口。她看到我的样子，一下子笑了，说："这边来吧。"

房间很大，灯光很明亮，我的眼睛适应了一会儿，才看清这是一个实验室。

祖母从一个小抽屉里拿出一把形状怪异的小钥匙，将我从台灯老鼠夹里解放出来，我舔舔手指，奶酪味依然香气扑鼻。

"您这么晚了还在做实验?"我忍不住问。

"做细菌群落繁衍,每个小时都要做记录。"祖母微微笑着,把我领到一个乳白色的台面跟前。台面上整齐地摆放着一排圆圆的培养皿,每一个里面都有一层半透明的乳膏似的东西。

"这是……牛肉蛋白胨吗?"我在学校做过类似的实验。

祖母点点头,说:"我在观察转座子在细菌里的活动。"

"转座子?"

祖母打开靠边的一个培养皿,拿在手上:"就是一些基因小片断,能编码反转录酶,可以在 DNA 间游走,脱离或整合。我想利用它们把一些人工的抗药基因整合进去。"

说着,祖母又把盖子盖上:"但不知道能不能成功。这个是接触空气的干燥环境,旁边那个是糖水浸润,再旁边那个出入了额外的 APT。"

我学着她的样子打开最靠近的一个培养皿,问:"那这里边是什么条件呢?"

我把沾了奶酪的手指在琼脂上点了点,我知道足够的营养物质能促进细胞繁衍,从而促进基因整合。

"战战!"祖母迟疑了一下,说,"那个是对照,隔绝了一切外加条件的空白组。"

我总是这样,做事想当然,而且漫不经心。

静静和我吵架的时候,曾经说我做事莫名其妙,考虑不周,太不成熟。我想她是对的。尽管她是指我总忘记应该给她打电话,但我明白,我的问题绝不仅仅是这一件事。静静是一个有无数计划而且每一个都能稳妥执行的人,而我恰好相反。我所有的计划执行起来都会出错,就像面包片掉在地上一定是有黄油的那一面落地。

由于缺少了对照,祖母的这一组实验只能重做。虽然理论上讲观察还可以继续,但至少不能用来发表正式结果了。

我很惶恐,不知道该做些什么。但祖母似乎并没有生气。

"没关系,"祖母说,"我刚好缺少一组胆固醇环境。"

然后祖母就真的用马克笔在培养皿外面做了记号,继续观察。

三

第二天早上,祖母熬了甜香的桂花粥,郊外的清晨阳光明媚,四下里只听见鸟叫的声音。

祖母问我这几天有什么计划。我说没有。这是真的,如果说我有什么想做的,那就是想想我想做什么。

"你妈妈说你延迟毕业是因为英语,怎么会?你转系前不就是在英语系吗?英语应该挺好的呀。"

"四级没考,忘了时间。"我咕哝着,"大三忘了报名,大四忘了考试日期。"

我低着头喝着粥,用三明治塞满嘴。

我的确不怕考英语,但这可能也是我为什么压根儿没上心,至于转系,现在想想也可能是个错误。转到环境系却发现自己不太热衷于环境,大三学了些硬件技术,还听了一年的生物系课,然而结果就是:现在什么都学了,却好像什么都没学。

祖母又给我切了半片培根,问:"那你来之前,你妈妈怎么说?"

"没说什么,就是让我在这儿安静安静,有空就念点经济学的书。"

"你妈想让你学经济学?"

"嗯,她说以后不管进什么公司,懂点经济学总会有点帮助。"

妈妈的逻辑是定好一个目标,需要什么就学什么。然而这对我来说是最困难的。我定下目标后总是过不了几天就自己否定,于是首肯的事就没了动力。

"你也不用太担心以后。"祖母见我吃完,开始收拾桌子,"好像鼻子不是为了戴眼镜才长出来的。"

这话静静也说过。"鼻子可是为了呼吸才长出来的。"她说上帝把我们每个人塑造成了独特的形状,所以我们不要在乎别人的观念,而是应该坚持自己的个性。所以静静出国了,很适合她。然而,这也同样是我缺乏的,我从来就没听见上帝把我的个性告诉过我。

收拾桌子的时候我心不在焉,锅里剩下的粥都洒在了地上。我的脸一下子红了起来。

"没关系,没关系。"祖母接过我手里的锅,拿来拖把。

"……流到墙角了,不好擦吧?您有擦地的抹布吗?"我讪讪地说。

我想起了妈妈每次蹲在墙边仔细擦拭的样子。我家非常干净,妈妈最反感的是我这样毛手毛脚。

"真的没关系。"祖母把餐厅中央擦拭干净,"墙边的留在那就行了。"

她看我一脸茫然,又笑笑说:"我自己就总是不小心,把东西洒得到处都是。所以我在墙边铺了培养基,可以生长真菌的。这样做实验就有材料了。"

我到墙边俯下身看,果然一圈淡绿色的细茸一直延伸,远远地看只像是地板的装饰线。

"其实甜粥最好,说不准能长出真菌。"

祖母看我还是呆呆地站着,又加上一句:"这样吧,你这几天要是没什么特别的事,就帮我一起培养真菌怎么样?"

我不假思索地点点头。

不仅仅是因为接连闯祸想要弥补,更是因为我觉得生活需要有一点变化。到目前为止,我的生活基本上支离破碎,我无法让自己投身于任何一条康庄大道,也寻找不到方向。也许我需要一些机会,甚至是一些突发事件。

四

祖母很喜欢说一句话："工是后成的。"

祖母否认一切形式的目的论，无论是"万物有灵"还是"生机论"。她不赞成进化有方向，不喜欢"为了遮挡沙尘，所以眼睛上长出睫毛"这样的说法，甚至不认为细胞膜是为了保护细胞而生的。

"先有了闭合的细胞膜，才有了细胞这回事。"祖母说，"G蛋白偶联受体。在眼睛里是感光的视紫红质，在鼻子里是嗅觉受体。"

我想这是一种达尔文主义，先变异，再选择。先有了某种蛋白质，才有了它参与反应。先有了能被编码的酶，才有了这种酶的器官。

存在先于本质？是这么说吧？

在接下来的一个晚上，祖母的实验传来好消息：期待中能被NTL试剂染色的蛋白质终于在细胞质中出现了。离心机的分子测定量测定也证明了这一点。转座子反转录成功了。

经过了连续几天的追踪和观察，这样的实验结果让人长出一口气。我帮祖母打扫实验室，问东问西。

"这次整合的究竟是什么基因呢？"

"自杀信号。"祖母语调一如既往。

"啊？"

祖母俯下身，清扫实验台下面的碎屑："其实我这一次主要是希望做癌症治疗的研究。你知道，癌细胞就是不死的细胞。"

"这样啊。"我拿来簸箕，"那么是不是可以申报专利了？"

祖母没有马上回答。她把用过的试剂收拾了，把台面擦干净，我系好垃圾袋，跟着祖母来到楼下的花园里。

"你大概没听说过病毒的起源假说吧？转座子在细胞里活动可以促进基因重组，但一旦在细胞之间活动，就可能成为病毒，比如HIV。"

夏夜的风温暖干燥，但我还是打了个寒噤。

原来病毒是从细胞自身分离出来的，这让我想起了王小波写的用来杀人的开根号机器。一样的黑色幽默。

我明白了祖母的态度，只是心里还隐隐地觉得不甘。"可是，毕竟是能治疗癌症的重大技术，您就不怕其他人抢先注册吗？"

祖母摇摇头："那有什么关系呢？"

"砰！"就在这时，一声闷响从花园的另一侧传来。

我和奶奶赶过去，只见一个胖胖的脑袋从蔷薇墙上伸出来，满头是汗珠。

"您好，对不起，我想收拾我的花架子，但不小心手滑了，把您家的花砸坏了。"

我低头一看，一盆菊花摔在地上，花盆四分五裂，地下躺着祖母的杜鹃，同样惨不忍睹。

"噢，对了，我是新搬来的，以后就和您是邻居了。"那个胖子大叔不住地点头，"真是不好意思，第一天来就给您添麻烦了。"

"没关系，没关系。"祖母和气地笑笑。

"对不起啊，明天我一定上门赔你一盆。"

"真的没关系。我正好可以提取一些叶绿素和花青素。您别介意。"祖母说着，就开始俯身收拾花盆的碎片。

夏夜微凉，我站在院子里，头脑有点乱。

我发觉祖母常说的一个词就是"没关系"，可能很多事情在祖母看来真的没关系，名也好，利也好，自己的财产也好，到了祖母这个阶段的确没什么关系了。一切图个有趣，自得其乐就足够了。

然而，我该怎么办呢？重新回到学校，一切和以前一样，再晃悠到毕业？

我知道我不想这样。

五

第二天下午,我帮祖母把前一天香消玉殒的花收拾妥当,用丙酮提取了叶绿素,祖母又兴致勃勃地为自己庞大的实验队伍增加了新队员。

整个晚上我都在做心理斗争,临近中午终于做出个决定。我想无论如何,先去专利局再说。刚好下午隔壁的胖大叔来家里道歉,我于是瞅个空子一个人跑了出来。

专利局的位置网上说得很清楚,很好找。四层楼,庄严而不张扬,大厅清净明亮,一个清秀的女孩子坐在服务台看书。

"你,你好。我想申报专利。"

她抬起头笑笑:"你好,请到那边填一张表。请问是什么项目?"

"呃,生物抗癌因子。"

"那就到三号厅,生物化学办公室。"她用手指了指右侧,我转身时,她自言自语地加了一句,"奇怪,怎么今天这么多报抗癌因子的?"

听了这话,我立刻回头:"怎么,刚才还有吗?"

"嗯,上午来了位大叔。"

我心里咯噔一下,隐隐觉得情况不大对劲。于是我问:"那你知道是什么技术吗?"

"那我就不清楚了。"

"是一种药还是什么?"

"哎,我是这儿的实习学生,不管审技术。你自己进去问吧。"说着,女孩又把头低下,写写画画。

我探过头一看,是一本英语词典,就套近乎说:"你也在背单词呀?我也是。"

"哦,你是大学生?"她抬起头,好奇地打量着我,"就有专利了,不简单啊。"

"嗯……不是,"我脸有点红,"我给导师打听的。你还记不记得上午那位大叔长什么样?我怕我的导师来过了。"

"嗯……个子不高,有点胖,有一点秃顶,好像穿着黄色衣服,其他就记不起来了。"

果然,怪不得我出门的时候觉得有什么地方不对劲了。

当时隔壁大叔带来了花,我主动替他搬,而他直接用手推向门轴那一侧。第一次来的人绝不会这样。原来如此。前一天晚上肯定不是单纯的事故,一定是偷听我们说话才不小心砸到了花。

也亏得他还好意思上门,我想,我一定得赶快告诉祖母。大概他以为我们不会报专利,也就不会发现了吧。幸亏我来了。

"这就走了呀?"我转身向门走去,女孩在背后叫住我,"给你个小册子吧。专利局的介绍、申请流程、联系方式都在上面了。"

我勉强笑了一下,接过来放进口袋,大步流星地走了出去。

六

当我仓皇回家,祖母还在实验室,安静地看着显微镜,宛如纷乱湍急的河流中一座沉静的岛。

"奶奶……"我忍不住气喘,"他偷了您的培养皿……"

"回来了?去哪儿跑了一身土?"祖母抬起头,微笑着拍拍我的外衣。

"我去……"我突然顿住自己的气喘,"隔壁那个胖子偷了您的培养皿,还申报了专利。"

出乎我的意料,祖母只是笑了一下:"没关系。我的实验可以继续,而且之前不是也说过,前几天实验很粗糙,根本无法直接应用。"

我看着祖母,有点哑然。人真的可以如此淡然吗?祖母仿佛完全不想考虑知识产权、经济效益之类的事情。我偷偷掏出口袋里的小册子，拿在手里，叠了又展开。

"先别管这件事了。先来看这个。"祖母指了指面前的显微镜。

我随意地往里面瞅瞅，心不在焉地问："这是什么？"

"人工合成的光合细菌。"

我心里一动，这听起来有趣，问道："怎么做到的？"

"很简单，把叶绿素基因反转录到细胞里。很多蛋白质都已经表达出来了，不过肯定还有技术问题。如果能克服，也许可以用来代替能源。"

我听着祖母平和而欢娱的声音，突然有一种奇怪而不真实的感觉。仿佛眼前罩了一层雾，而那声音来自远方。我低下头，摩挲着小册子。我需要做一个决定。

祖母的话还在继续："……你知道，我在地上铺了很多培养基，我打算继续改造材料，用房子培养细菌。如果成功了，吃剩的粥什么的都有用了。至于发电问题，还是你提醒了我。细胞膜流动性很强，叶绿素反应中心生成的高能电子很难捕捉。不过，添加大量胆固醇以后，膜基本上就固定了，理论上讲可以用微电极定位……"

我呆呆地站着，并不真能听懂祖母的话，只零星地抓到只言片语。这似乎是一个更有应用前景的创造，我的脑袋更乱了。我没办法集中精力听祖母说话，孱弱地说："您倒是把我做错的事又都提醒了一遍呀。"

祖母摇摇头："战战，我的话你还不明白吗？"她停下来，看着我的眼睛，"每天每个时刻都会发生无数偶然的事情，你可以在任何一家店吃晚饭，也可以在任何一辆公交车上，看到任何一则广告，而任何的时间都没有好坏对错之分。它们产生价值的时刻是未来。是我们现在做的事情给过去的某一时刻赋予了意义……"

祖母的声音听起来飘飘悠悠，我来不及反应。偶然、时刻、事件的意义、未来，各种词汇在我的头脑里盘旋。我想起博尔赫斯的《小径分岔的花园》。我想主人公余准的心情应该和我一样吧，一个决定在心里游移酝酿,而耳边传来缥缈的关于神秘的话语……

"生物学只有一套法则:无序事件,有向选择。那么是什么在做选择?是什么样的事件最终能留下来成为有利事件呢?答案只有连续性。一个蛋白质能留下来,那么它就留下来了,它在历史中将会有一个位置,而其他蛋白质就随机生成又随机消失了。想让某一步正确,唯一的方法就是在这个方向上再踏几步……"

我想到我自己,想到邻居家的胖子,想到妈妈和静静,想到我之前混乱的四年,想到我的忧郁与挣扎,想到专利局明亮的大厅。我知道我需要一个机会。

"……所以,如果能利用上,那么奶酪、洒在地上的粥和折断的花就都不是什么坏事了。"

于是我决定了。

七

在那个夏天以后,我到专利局找了份实习工作。这是我在小册子上读到的。

在那里找份正式工作不容易,但他们总会找一些在校学生做些零碎工作——还好我没毕业。专利局的工作并不难,但各个方面的知识都要懂点。还好,我在大学里的学习也是漫无目的的。

安安——我第一次来这里遇到的女孩——已经成了我的女朋友。我们的爱情来自一同准备英语考试——还好我没过英语四级。安安说她对我的第一印象是礼貌而羞涩,感觉很好。我没告诉她那是因为做亏心事而心里紧张。一切都像魔法在安排似的,就连亏心事都帮了我的忙。

再进一步,我甚至可以说之前心情如麻都是好事——如果不是那样,我不会来到祖母家,而后面的一切都不会发生。现在看来,过去所有的事都连成了串。

我知道这不是任何人的安排。没有命运存在。一切都是我自己的选择。

这是一种奇怪的感觉：我们总以为我们能选择未来，然而不是，我们真正能选择的是过去。

是我的选择把几年前的某一顿饭挑选出来，成为与其他一千顿饭不同的一顿饭，而同样也是我的选择决定了我的大学生活是正确还是错误的。

也许，承认事实就叫作听从自我吧。因为除了已经发生的所有事情的总和，还有什么是自我呢？

一年过去了，由于心情好，所有的工作都很好。现在专利局已经愿意接受我做正式工，从秋天开始上班。

我喜欢这里。我喜欢从四面八方了解零星的知识。而且，我不善于制订长远的计划，也不善于执行长远的计划，而在专利局工作，处理的刚好是一个一个的案例，不需要长远的计划。更何况，像爱因斯坦一样工作，很酷。

经过一年的反复实验和观察，祖母的抗癌因子和光合墙壁都申请了专利。已经有好几家大公司表示对此感兴趣。祖母没有心情和他们交谈，我便担当了中间人的重任。幸亏我在专利局。

说到这里还忘了提，祖母隔壁的胖子根本没有偷走祖母的抗癌因子培养皿。他自以为找到了恒温箱，却不知道那只是普通的壁橱，真正的恒温箱看上去像是梳妆柜。

所以你永远不知道一样东西的真正用处是什么，祖母说。原来她早就知道。原来她什么都知道……

和名师一起读名著

谷神的飞翔

开拓者的歌声里,永远有无数沉默的和声。

——朗宁日记

谷　　神

朗宁先生的图书馆的到来一直是孩子们最大的盼望。每到第一百个地球日,阿尼亚小学里就开始涌起那种蠢蠢欲动的兴奋,就像烤箱里就要出炉的黄油小饼干,乍一看排得整整齐齐,但仔细盯着,就能发现那些小饼干噼噼啪啪地轻声跳动,送出一阵又一阵香味弥漫在空中。这一天,孩子们的脸上总是挂着笑,尽管他们会比往常更努力地装作郑重其事的样子,但那种笑仍然会洋溢出来,透过他们抿着的小嘴、扬起的眉梢和故意挺直的背洋溢出来,他们不知道人最难以掩饰的就是心底跃动时脸上的神采飞扬。

妮妮小姐在讲台上,将一切都看得明明白白。孩子们总以为自己的小动作不会被注意,但妮妮小姐却早就发现,孩子们总是下意识地瞅着墙上的钟表,每隔几分钟就悄悄望一望窗外的天空,奇卡已经抱着小红板埋头写了一个小时,茵然和曼娜在小声嘀嘀咕咕,而最淘气的帕路塔竟然一反常态,端坐着专心听讲。没有谁理会玩具柜,靠垫也安安静静地散落在教室后面。

妮妮小姐若无其事地念完这一天的最后一篇文章,轻轻合上课本,说出了孩子们一直等待的那句话:"今天就到这里了,回家小心点。"孩子们爆发出一阵欢呼,拥挤着跑出门去。

她微微地笑了，有什么能比这些单纯的孩子更可爱呢？

窗外，淡金色的天空灿烂如昔。

朗宁先生的图书馆准时出现在小镇的上空，孩子们欢呼雀跃起来。

淡蓝色的小飞船是一只海豚的形状，额头高耸，嘴微微上翘，背部线条流畅，尾巴弯起来，就像给一支悠扬的歌加上跳音作结尾，海豚的眼睛又大又亮——那是朗宁先生的舷窗。飞船曾经是一架旧式小型货运船，当时的改装还花了朗宁不少钱，对飞行来说，这样的设计不是最好的，但他知道，孩子们非常非常喜欢。朗宁盘旋了好几圈才降落，小海豚在金灿灿的天空中畅游，连大人们都停下手里的工作，驻足仰望。

飞船降落在镇中心的空场上，小海豚和身旁小飞象的雕塑相映成趣。孩子们奔跑着一拥而上，踮着脚等待朗宁先生熟悉的笑容。朗宁满头银发的脑袋从窗口探出来，向他们挤挤眼睛，两个手指举到眉梢划出一道弧线，掠过天空仿佛带出一串闪光，这是他惯常的招呼方式。

"嘿，我的小精灵们，你们最近好不好呀？"

孩子们争先恐后地回答着，叽叽喳喳的声音连成一片，朗宁满意地摸摸胡子，呵呵地笑了，说："快来看看，你们的老朋友给你们带来了什么！"

小飞船的侧门缓缓地滑开了，露出了飞船里大大小小的七彩的盒子。孩子们一下子安静下来，所有目光都集中过来，后排的孩子一蹿一蹿地跳起来，但谁也没往前挤，而是乖乖地眼巴巴地向前望着。大家都屏住呼吸，时间也好像停止了一般。

朗宁先生的身影终于出现在门口，银灰色的制服线条硬朗，泛着淡淡的光泽，立领，长摆，硬质宽腰带左右各镶了一枚徽章。看着孩子们瞪大了眼睛不明所以，他在舷梯上站定，挺起胸膛说："这就是我跟你们说过的,我年轻时穿过的军装,怎么样,好看吗?"

孩子们"呀"的一声惊叫了起来,全都伸长了脖子想看个究竟,离得近的小心翼翼地想要触摸衣服的质料,伸出手没有碰到却又缩了回来。对这些孩子来说,军人和战争就是传奇,是不可思议的神话,是热血、英勇与智慧的象征,让他们觉得神秘又兴奋。

"唉,老啦,皮带都快要扣不上了!"朗宁摸摸肚子,笑呵呵地说,"小家伙们,上次借的书都带来了吗?"

朗宁先生一直非常喜欢这颗小行星。事实上,在这十五年开图书馆的日子里,在这四颗小行星、四颗木卫星的辗转奔波中,他一直对这一颗,对这个小镇情有独钟。

谷神星比他的三个兄弟姐妹都要大,直径达到1000千米,于是理所当然地成了小行星矿业带的中心。相比而言,其他几颗星上的居民区更像是工厂的社区,人口少,结构单薄,不像这里形成了完整的小镇。谷神上有学校、各式各样的商店和娱乐场。所以这里的孩子最多,也最活泼可爱。

另一个吸引朗宁的原因是这里独特的风景。作为一个摄影师,朗宁在这几十年里走过了很多地方,但无论是在地球,还是在人类的第二基地火星,他都没看到过这么迷人的漂流的陆地。

很多年前,当第一批拓荒者刚刚到达这里的时候,谷神还是一片冰封的荒原。人们拨开尘埃、掘起泥土、打碎冰块,取走下面丰富的金属和矿产。一位叫作泰林的年轻军官带了一百人来到这里,用一种轻而坚韧的有机材料建造住所。他们造的房子就像彩色的大气球,一半在地下,一半在地上,半透明而反射着淡淡的光辉。后来,泰林请来火星上很有名的材料工程师为这颗小星星罩上两层完整的薄膜,一层是纳米半导体,而另一层是高分子气体,散射阳光、保存热量。他们从木星运来氢作为聚变的能源,还建起工厂。从此之后,谷神上面有了光,有了空气,有了温度,泰林和他的伙伴们在这里定居了。

慢慢地,随着星球表面温度的升高,原本的冰原融化成了大海,曾经的沼泽逐渐变成了汪洋一片。这时候,神奇的事情发生了。盖房子的材料在泥水混合物中开始自我生长,同时大量吸附周围的泥土。大家终于开始明白为什么每座房子的"腰"上必须留一圈"裙子",他们惊叹泰林的高瞻远瞩,而泰林只是微微笑,什么也不说。经过了两个地球月,那些"裙子"终于彼此连接到一起,而且夹杂大量泥土,在房子与房子之间搭建了足够的陆地。

一百年过去了,开拓者的亲朋好友、亲朋好友的亲朋好友,还有探险流浪的好奇的人陆陆续续来到这里,安居、工作、繁衍生息,小镇慢慢扩大,几千座房子,一万多人口。人们缓慢地漂浮着,从水底挖出泥土和金属,提炼后交给火星来的飞船,换取美食、衣服和其他必要的东西。

朗宁每次在小飞船上俯瞰这片奇特的陆地时,都会由衷地发出一阵赞叹。看那么多或大或小的泡泡房在阳光下闪闪发亮是一件极其享受的事情,它们圆润光滑,晶莹剔透,五彩缤纷,绵延数千米。房子之间,乳白色的马路组成花朵的图案,镇上零星几处没有填满的地方,露出地下的大海,就像花瓣上清透的露珠。

"……我的激光剑又刺中了两个敌人,在前方打开一个缺口,但敌人太多啦,他们瞬间就又围拢过来,渐渐地,我开始感觉体力不支了,我一直告诉自己不能放弃,要站着坚持到最后一刻,我想起那些死去的兄弟们的笑容,还有我们一同立下的誓言,我发疯似的挥动激光剑,我的腰上、肩上都受伤了,敌人还在不断地涌上来,我知道我已经不行了,但我就是不愿意向他们屈服,我于是拼尽全力退到舱门口,大喊一声:'为了联邦的光荣!'便纵身跳了出去,消失在茫茫的宇宙间……"

齐卡的声音逐渐小了下去,一时间寂然无声,孩子们都还沉浸在他刚刚营造出的激动当中,久久不能平静,谁也没有说话。朗宁注意到，几个女孩子的眼睛里涌出了大滴大滴的泪珠。好一会儿，激烈的掌声才爆发出来，每个孩子都显得很兴奋。

朗宁微笑着摸摸齐卡的头，递给他一颗糖说："很好，你会成为勇士的。"齐卡今年十二岁，比一般孩子更喜欢读故事，也常常自己编，正是在他的带动下，每次大家在朗宁先生到来时都会围在一起讲故事，慢慢地形成了传统。朗宁喜欢这样的时刻，他喜欢看孩子们争先恐后的样子。他带来图书馆，就是希望种下故事的种子。

"我要讲吸血鬼！"帕路塔蹦蹦跳跳地叫着，"那个吸血鬼可真厉害呀，白天总藏到很秘密的地方，晚上就跑出来吃人，谁拿他都没办法，已经死了好几个人了。这时候，我终于想到一个好办法，我偷偷地把村子里所有的钟表都弄停了，结果他以为一直是白天，就一直都没有再出来，我们村得救啦！"帕路塔一边说，一边露出得意的笑。

"这办法不行！"一个孩子叫道，"你怎么知道吸血鬼没有自己的手表？你得把他的表停下来才行。"大家哄地笑了起来。

朗宁不禁哑然失笑。谷神自转一周大约需要八小时，孩子们头上的天空总是在明暗间变幻。因此，谷神的黑夜由人来规定，孩子们并不懂得黑暗与夜的关系。人类知道，自己体内的周期节律已经刻写了几亿年，不会很快适应全新的生物钟，于是向太空移民时人为地保留了故乡的节奏，每二十四小时便遮挡出自己的休息时间。或许孩子们每天都暗中盼着钟表停止走动，这样，时间就停下来，他们可以晚一点上床，可以多玩一会儿扮国王的游戏。

孩子们没有见过的东西还有很多，他们的世界没有月亮，没有山，没有树，也没有小动物。谷神镇是一片没有根系的陆地，孩子们从出生开始就在泡泡里漂流。这也就是为什么他们那么喜欢朗宁先生的故事，在他们看来，自己的小镇太平淡无奇了。

朗宁先生转身回到飞船，小心翼翼地抱出一个半米见方的玻璃块，放在膝盖上，又掏出一个黑色的小遥控器，嗒嗒地按动了几个键。几秒钟之后，玻璃里面开始出现水波一般荡漾的细纹，荡着荡着化成极小的碎白的颗粒，颤动、弥散、凝聚、旋转，过了一会儿，慢慢出现了辨认得清的图像。这是一台全息影像播放器，尽管谷神的高科技用品不算少，但这样的播放器他们还是第一次看见。

孩子们全都伸长了脖子，眼睛瞪得圆溜溜的。玻璃里的景象越来越清楚了，一片层层叠叠的绿色出现在眼前。

"树！那是树林！我看到过照片！"不知是谁兴奋地叫了起来。

是的，那是树，浩瀚的林海，浓密的热带雨林。影像在一条小船上拍摄，河道嵌在雨林里，河水湍急，如巨蟒般蜿蜒。河道两边布满了高大笔挺的热带乔木，滴着水的藤蔓在树与树之间盘旋，把树冠纠缠在一起，寻不见根源，也找不到尽头。林子里开着无数色彩斑斓的寄生花，铃兰晶莹如绿珍珠，并蒂兰洁白如玉，凤梨花奔放的轮生叶片构造出一个小"池塘"，里面生活着树栖的蛙和螺。画面里还能看到藤黄、天南星和长着十几厘米长刺的棕榈，还有蜂鸟上下翻飞，石鸡为求偶亮出最闪亮的羽毛，美洲豹优雅地卧在巨大的树杈上休息。

孩子们一样事物也不认得，却看得如痴如醉，目瞪口呆。

"回家啦，孩子们，该回家啦！"就在惊叹声此起彼伏时，妮妮小姐柔柔的声音传了过来，她的声音总是甜美而温柔，像一杯淡红色的玫瑰露。

"再等一会儿啦！""妮妮小姐……""把这一点看完行吗？"孩子们顿时炸开了锅，使尽办法软磨硬泡。妮妮小姐一边笑着哄着，一边求助地望着朗宁先生，朗宁站起身，关闭图像，将播放器放回飞船，笑眯眯地取出这一次的存储卡。孩子们起初不情愿，但注意力很快便被转移，乖乖地静了下来，拿到存储卡的迫不及待地插进自己的小红板，恨不得立刻开始阅读。朗宁知道，以他们的阅读速度，不用一百天存储卡就差不多轮换了一圈了。

看着所有的孩子各自散去回家，妮妮小姐坐在飞船的舷梯上舒了一口气："唔……"

朗宁先生在她身边坐了下来，两人都安静着没有说什么。天还是温柔的金色，一下子静下来便能感觉微风拂在脸上，一丝凉意。

妮妮侧头看着朗宁先生，老人的面容宽厚可亲，脸上依然挂着笑意。妮妮想起了自己小时候，依稀觉得他银白的头发还是那么浓密，额头也依然宽阔润泽，看不出皱纹，于是轻轻地叹道："您真是十几年都不变老呀。"

朗宁把目光从远处收回来，慈祥地看着妮妮："你们倒是都长大啦……从小孩子都变成老师了，真快呀。"

妮妮的脸泛起一丝红晕，笑道："他们比那时的我们活跃多了，我可不怎么会编故事。"

朗宁却摇摇头："这也不是你的问题。有时候我还会反省自己，不知道鼓励他们编故事是不是有些误导他们。"

"怎么说？"

"你有没有发觉，不少孩子的故事固然讲得绘声绘色，可是与其说是想象，倒不如说是模仿，很多设想都是书里看来的。"

"可是那些地球上的事孩子们都没见过，想也想不出呀。"

朗宁先生叹口气道："我就是怕书看得多了让他们误会，把想象当成一些符号，好像只有说那些城堡、魔法师还有火星战场才叫故事。妮妮，你知道吗，你们的小镇其实是我见过的最奇妙的地方，只不过你们离它太近了，就觉得平淡无奇了。"

妮妮沉默了一会儿，抚摸着海豚光滑的外壁说："奇妙不奇妙，也总是有个比较才知道。这也怪不得他们，要是真能让他们出去看看就好了。"

朗宁先生心里忽然一痛，他发觉妮妮自己也还算是个孩子，也同样从来没看到过外面的世界，却已经承担起那些更幼小的花儿的梦想了。他拍了拍妮妮柔弱的肩膀说："这次我回火星，一定跟总督说一说,争取接你们一起去转转。地球不好说,但去火星大抵是没问题的。"

听了这话,妮妮突然抬起头来,忽闪着大眼睛说:"您不说我倒忘啦!我爸爸让我来是有正经事的。他想问问您,能不能请示总督,让我们在周围的海里养一些鱼呀?"

"养鱼?……"这样的问题朗宁倒是没想过,他沉吟了一下说,"我帮你们问一下吧,这是个好主意,应该能通过,只要你们自己能控制捕捞。嗯,还可以播撒些水草,也让孩子们看看真正的植物。"

妮妮笑了,脸上两个酒窝,灿烂得就像春天的杜鹃,地球上的杜鹃。她站起来,抖了抖裙子,说:"那就谢谢您了!天不早了,您一定也累了,早些休息吧。"朗宁微笑着点点头,看着她轻盈的背影消失在莹白的小路尽头。

朗宁又独自坐了一会儿,刚要起身回去,忽然看到不远处一座拱门的阴影里,走出一个小小的身影,似乎想靠近,却踯躅地绕着圈子。他认出那是果果,一个八岁的小男孩。

朗宁走过去,果果有点不安,两只小脚内扣着,双手紧紧将小红板握在身后,深蓝色的大眼睛亮晶如水,望着他却不说话。朗宁把他抱起来,走到小飞象雕塑下的喷水池,让他坐在自己身旁。果果没那么拘束了,他甩掉两只小鞋子,仰起头用细嫩的声音问:"朗宁先生,为什么瑞利先生说天空是蓝的?"

"为什么天空是蓝的?"朗宁先生没想到果果开口问出这么一句话,这句话三百年前瑞利问过,但他的意思和果果显然不一样。果果肯定是看了科学百科一类的书,这让朗宁很高兴。他想了想,说:"瑞利先生年轻时很聪明,也很有钱,他家有一个很大的庄园,所以他大学毕业之后就没有像其他同学那样找工作,而是自己买了很多仪器在家里做实验,然后看着花花草草想一些奇怪的问题。"

"比如'天为什么是蓝的'?"

"对。当时很多人都不明白他为什么要想这个,在他们看来,天就应该是蓝的,没有为什么。"

"可是,我看见的天是金色的呀。"

"那些人从来没出过地球,哪里知道还有别的天呢?只有瑞利一个人发现,天空的颜色和天上很高的地方的一些小颗粒有关系,太阳光本来是一束,遇到它们就铺散到四面八方啦,颗粒大小不一样,天的颜色也不一样。"

"那我们头顶上也有吗,那样的小颗粒?"

"有呀。一百年以前原本没有,那时候天都是黑的呢。后来人们在天上铺了一层小球组成的薄膜,结果天就变成金色了,多漂亮。"

"原来如此。"果果若有所思地点点头,朗宁忍不住莞尔。

果果歪着头想了一会儿,忽然很认真地说:"等我长大了,我要给天上换各种不同的小颗粒,这样,每天就可以看见不同颜色的天空了。您说对吗?"

那一瞬间,朗宁先生忽然觉得心里很湿润,就像清晨的草地挂着露珠。小小的世界,小小的梦想,梦想着头上七彩的天空。他慈爱地抚摸着果果柔软的卷发,说:"对,当然对,以后我们可以把天空换成你最喜欢的颜色。以后海里会有鱼,还会有各种柔软漂荡的水草。以后我们还能一起坐着小飞船飞到火星去玩。你喜不喜欢?"

果果像是听得呆了,紧紧地抿着小嘴,瞪着朗宁先生看,睫毛轻轻颤动,眼睛却连眨都不眨一下。半晌,他才说:"是真的吗?您说的是真的吗?"

朗宁先生笑了,他把果果抱起来,放到自己腿上,说:"当然是真的。你说,我们把小飞船造成什么样比较好呢?小飞象这样好不好?"

"夜"已经来了,房子里升起了彩色的帷幕。一老一小就这么安安静静地坐在喷水池旁,弯弯的喷水池反射着天空的色彩,就像一轮金色的月亮嵌在地上。

火　　星

从遥远的高空眺望，火星北半球也像是拥有一片碧蓝的大海，波澜壮阔，绵延数千千米。

不过，这样的图像不会持续太久，随着飞行高度下降，连绵的大海会碎成无数小块，碎成大小不一的湖泊和交叉纵横的河流。远远望去，宛如一张密集编织的网，波光盈盈点点，如亮片撒满网的格点。

这样的画面会一直持续到距地面8000米的高度，那个时候，眼前的蓝色会再一次破碎，这一次将不会碎成任何形式的水面，而是许许多多形状规则的小块，错落起伏，井然有序。

那是屋顶，城市的屋顶。

火星的屋顶都是巨大的硅电池板，在这片广袤的红色平原上生存，阳光是唯一坚实的依靠。没有化石燃料，没有树，也没有取之不尽的重水，人们展开一片片屋顶，像一双双翅膀拥抱着头顶的光芒与热量。城市在翅膀的庇护下成长起来，像几眼孤单的泉汇成连绵的海。

能量的承载终究有限，翅膀无法供应太高的建筑，因此城市始终没学会飞扬跋扈。火星的房屋就像一个个剔透的晶格，钢骨架和玻璃幕墙拼搭出奇妙的形状组合，色调清凉，线条流畅而简洁。火星的城市是一张处处连通的大网，相邻的建筑彼此相连，群落之间，透明的管状公路如丝般阡陌纵横。没有人能在城市以外的空气里自由呼吸，尽管释放岩石中的二氧化碳使大气厚度增加，但氧气却仍然稀薄得可以忽略。人们一直在玻璃下仰望天空，城市就这么铺陈开来，从水手谷到北极冠，顽强而缄默，铺成一片浩瀚的海洋。

在海洋中寻找应当落足的小岛，即使对朗宁这样轻车熟路的人也不是一件容易的事情。他在低空盘旋了四五圈,才最终找到普洛斯区的小型停机坪。停机坪缓缓向两侧滑开,他的小飞船无声地降落进去。

普洛斯图书馆是南部十五区中最大的一个,朗宁先生每次都在这里更新自己的书库。这一次,他特意选了许多关于海洋和植物的书,有童话,有百科,也有地球孩子的创作,他在触摸屏上预览了很久才按下"选定",整整一大盒存储卡从传送带口滑行出来。

朗宁转向信息中心,点击了生命技术园转基因植物第五实验室,屏幕中一个黑色头发的女孩从小池塘边站起身来,朝他笑了笑。

"基因五号实验室。有什么能为您效劳吗?"

朗宁欠身向她致意,简要地表达了自己的疑问。

女孩露出两个可爱的酒窝,说:"您这可问得巧了。别的植物可能很难办,但各种淡水水藻绝对没问题。这可是我们实验室这两年最主要的研究方向呢。"

朗宁很惊喜:"哦?是准备大规模种植吗?"

女孩说:"具体背景我知道得也不多,大概是政府的项目。您知道,空气里如果没有氧,一般树木都不能活,所以政府想重点发展厌氧藻类,希望以后能改善空气成分。"

正该如此,朗宁想,他比了一个赞许的手势说:"这可是好事。什么时候开始种植呢?"

女孩轻轻皱了一下眉头,说:"其实技术方面已经没什么问题了,池子里的模拟实验也都通过了,但就是听说合适的大片水域还没找到,所以暂时没有计划。"说到这里,她歉意地笑了一下,"更详细的情况我也不知道了,我是今年选课才到这里的。如果您还有什么想了解的,或是想要提取样品,明天这个时候莉丝老师就会在了,您跟她说就可以了。"

朗宁微笑着向她表示感谢,切断了画面的连接。

从图书馆出来，朗宁先生径直来到汉斯先生的家。二层小楼并不豪华，看上去与一般居民区的房子没什么不同，只有门前水滴形的小广场彰显着屋子主人的身份。小广场的穹顶足有10米高，水滴的弧形一侧均匀散列着五个隧道车入口，而另一侧则通向总督府红色的正门。

　　为朗宁开门的是路迪，汉斯先生的孙子。他穿了一身薄薄的金属防护服，样子颇为滑稽。

　　看到朗宁，他吐了吐舌头，笑道："还好是您，要是被教育部的拉克大叔看到我这个样子，肯定又要大呼小叫了。"

　　"小鬼，"朗宁笑道，"屡教不改。这回又折腾什么呢？"

　　路迪眨眨眼睛，说："一个小玩意儿。您来看看就知道了。"他边说边向里面挥挥手，朗宁跟着他走上楼梯。

　　"你爷爷不在家吗？"

　　"去平泰的灾区了。这回的损失挺严重的。"

　　"灾区？平泰又遇到风暴了？"

　　"您还不知道吗？上个星期的事，中心风力有十级呢。还好来得快也去得快，要不然不知道得倒下多少房子。"

　　朗宁轻轻叹了口气。这已经不是第一次了，火星暴烈的风沙曾整月席卷整颗星球。这也是为什么人们把世界建成绵延广阔的复杂网络，在这片红色的土地上，城市只有彼此支撑，才能避免如水滴般蒸发的命运。即便是这样，国度的边缘也依然时常被掀起，撕扯出不规则的边边角角。

　　朗宁跟着路迪来到他的活动室，这是整座房子最大的一间，通透而视野开阔。朗宁觉得每一次来，这个房间都会发生翻天覆地的变革，有时会竖起顶天立地的玻璃罩，有时会在整个地板上铺满沙子。这一次，房间里格外凌乱，仿佛某件机器刚被肢解，各种仪表、零件和金属外壳随意地散放在房间的一侧。

　　"您来看这个。"路迪站在一个金属罩旁边，手中举着一顶奇怪的头盔，仿佛20世纪初飞行员的装备。

朗宁把它戴在头上，从金属罩的小窗口向里面望去，视野中的小屏幕上能明显地看出一只蝴蝶的图案。

"是哪个波段？"朗宁多少猜到了头盔的用途：将高频电磁波转换成可视化图像。

"X射线。能看清吗？"路迪问，声音很兴奋，"原来的CCD角分辨不太好，改装得这么小就更难定位了。"

朗宁又仔细看了看画面中的图案，说："这还叫不清楚吗？"他说着，摘下头盔，满脸笑意地盯着路迪的眼睛，道，"小家伙，你这CCD是从哪儿来的？这种角分辨已经不是一般医疗仪器能达到的了。"

路迪挠挠头发，笑容让小鼻子微微皱起来："上个月YXT-4上天了，PXA不就正式下岗了吗……"

路迪说的都是火星发射的X射线太空望远镜。火星的空间技术一直很先进，几百个观测站在外空轨道长期运行。朗宁敲敲路迪的小脑袋，问："那你又是怎么偷来的？"

路迪满不在乎地笑道："我今年不是选了斯密教授的课吗？因为表现得太好了，他就把那些回收的旧零件送给我当礼物了。"

火星的孩子从八岁开始就可以自由到各种机构、研究所、学校和艺术中心选修自己喜欢的课，路迪今年就选了宇航中心的三门天文学课程，而斯密教授刚好就是高能卫星项目的首席科学家。

"原来是有预谋的。"朗宁也呵呵地笑了。这个十四岁的小男孩总能给他一些惊喜。

"才不是呢！"路迪扬扬眉毛，一本正经地说道，"我可是想参与将来的大宇航的呢！"

"大宇航？了不起！不过，你就不怕遇到绿毛外星人？"

路迪撇撇嘴说："您当我是地球那些无聊的小孩随便乱说吗？我是说真的呢。斯密教授说，最迟明年，远征计划就要重启了。"

"真的？"这个消息让朗宁颇为惊喜。他已经很久没听人说起过"远征"这个词了。

朗宁的思绪于是回到四十年前，回到战火纷飞的年代中，和汉斯一起并肩飞翔的日子。他们曾一起飞翔在奥林匹斯山上20000米高的空中，开火、防御、追击、躲避。那已经是漫长战争的晚期了，他们曾一同躲在奥斯东环形山的山坳里，看着漫天风沙，梦想战争结束后的生活，梦想未来的城市，梦想遥远的宇航时代，就像今天的路迪一样，眼中写满了希望。

门厅的音乐声忽然响起来，将朗宁从回忆中拉了回来。路迪开心地叫道："爷爷回来了！"说着便一蹦一跳地跑下楼去。

汉斯先生的身影出现在走廊，高大挺拔，一身式样古典的白色制服，这意味着他刚刚参加了公众集会。他的神情依然雍容而沉静，深褐色的头发和胡子也依然整齐，见到朗宁一如既往地微笑着拍他的肩膀，但朗宁却明显地感觉到，汉斯比以往任何时候都显得疲倦，深棕色的眼睛仿佛更加深陷下去。

朗宁跟随汉斯来到小客厅。这是一个椭圆形的小房间，浅蓝色的玻璃将远方的峭壁裁剪成狭长的画。他俩坐下的时候都长舒了一口气，宽大的沙发按两人的身形调整了角度，饮水机送出一壶热气氤氲的奶茶，弥漫着淡淡的印度香料的味道。

汉斯为朗宁斟好一杯茶，说："你的邮件我收到了。昨天我和教育部联系了一下。"

朗宁打断他："你最近要是太忙了就过些天再说吧，这些事都不着急。"

"你听我说完。"汉斯的眼睛望着窗外，声音很平静，"其实谷神的事我早就想和你商量了。这几天你去问问，看他们愿不愿意让孩子们到火星上来上学。我已经和拉克部长打好招呼了，如果他们同意，过几天我就把正式的政府邀请函寄过去。"

这个决定是朗宁没想到的，他沉吟了一下，点头说："好，我知道了。"

汉斯微微点点头,但仍旧没什么表情:"至于另一件事,我想就算了吧。养鱼和种植水草恐怕没什么必要,食品方面,我会吩咐运输队多增加一些种类的。"

"能不能再考虑一下?"朗宁说,"这件事其实不完全是食品的问题,而主要是孩子们的梦想。汉斯,你要是也看见那些孩子们的眼神,就像我们小时候……"

"朗宁,"汉斯打断他,直视着朗宁的眼睛,说,"我知道你喜欢谷神星的那些孩子们。我也喜欢。不过,'梦想'这个词不是那么好说的。做梦谁都可以,但实现起来就是另一回事了。"

朗宁叹了口气,他知道总督有总督的立场。他没有再说什么,转而问道:"灾区那边怎么样了?"

汉斯默默地将杯子放到一旁,按下小茶几侧面的紫色按钮,茶几的白色渐渐隐去,光滑的桌面亮出照片和文字。"你自己看吧。"汉斯说,"没有海洋和植被,恐怕沙暴一时半刻还对付不了。"

朗宁一边俯身浏览着那些数据和资料,一边问:"地下水勘测还是没有结果吗?"

汉斯摇了摇头,靠回大沙发里,苦笑了一下:"没有,希望很渺茫了。"

朗宁知道这意味着什么,他能看出汉斯目光深处写着的忧虑。总督要面对和处理的问题,是当初火星开拓者们所不曾预料到的。人们那时捧着河道和峡谷的照片踌躇满志地登上这片土地,满心以为很快就能找到大规模地下水源,然而至今,火星庞大的城市网络仍然依靠着北极冠融水顽强支撑。

朗宁有些黯然。火星是一片倒置的国度,这里有着精确的自动控制,高速的隧道交通和不断更新的生物技术,然而这里的人们却始终在为生存而斗争,始终为阳光、空气、绿树和水默默斗争,用尽一切力量。

八天后，朗宁再一次坐进通向总督府的隧道车。上一次离开的时候，他并没有想到自己这么快又会再来。

隧道车灯光明亮，音乐柔和，但朗宁却完全没有心情欣赏，他一直回忆着两天前在谷神星上的谈话，回忆着泰林镇长洞彻的笑容和淡淡的言语。

"终于要来了啊。"那时泰林镇长擦拭着前几任镇长的照片，照片里的笑容一片和煦。

现在朗宁回想起整个事件，感觉一切看起来是如此明显，而自己只是后知后觉。朗宁想，或许泰林家族比谁都更清楚小镇将何去何从，因而镇长心里早就有了不祥的预感。于是他提出养鱼的请求作为试探，而得到的答案却是否决提案，却主动接所有孩子到火星上学。所以一切都很明白了。

隧道车缓缓停下，舱门向两侧滑开，总督府的红门赫然出现在眼前。

朗宁来到汉斯的书房，汉斯正站在两排拉开的老式书柜之间，神色严峻。墙上的大屏幕中，一个戴眼镜的女子正在汇报工作，看到朗宁进来，她主动鞠了一躬，将信号切断。

随着画面渐渐隐去，屏幕恢复成为平素七彩的照片。这是一张谷神镇的俯瞰图，朗宁知道汉斯一直非常喜欢，从他第一次带来，挂到今天已经将近十年了。

"坐吧。"汉斯向书桌前的高背椅子示意，身后，书柜无声地缓缓合拢。

朗宁没有坐，他双手撑着桌面，直直地看着汉斯说："汉斯，如果你还拿我当朋友，就实话告诉我，这幅照片就要成为最后的纪念了，是不是？"

汉斯并没有回避他的眼神，平静地点了点头，说："我并没有想瞒你。"

"为什么？如果这片风景不在了，难道你不在乎？"

"我在乎，我当然在乎。"汉斯说，"但火星总督不能在乎。上个星期，公民议会压倒性地通过了废除谷神的决议。"

"好吧，那告诉我你们的理由。"

"第一个理由很简单，我们的能源并不充足，在小行星往来运输成本太高。而相反的是，火星自己的矿产开采成本是越来越低了。"

"那第二个理由呢？"

"第二个理由是近来航天技术越发完善了，以前做不到的事情现在可以做到了。"

"是指什么？可以做到什么了？"

"在小行星上安装火箭，推到近火星轨道，再进行捕获。"

"你的意思是，让谷神镇成为火星的月亮？"

汉斯没有立即回答，紧闭的嘴在浓密的胡子下，画出严肃的线条。沉默了好一会儿，他才缓缓开口道："不是，我们要把星体瓦解。这涉及第三个理由。我们需要谷神，但不是因为矿产，而是因为水。"

听到这一句，朗宁一直绷紧的身子忽然松下来，他将领口的扣子解开，慢慢地走到窗前，斜靠在墙上，说："终于说到重点了，这才是你们的真正理由，对不对？"

汉斯静立着，如一尊雕塑，说："勘探队最后的报告认为，火星几亿年前的确有水，但不知什么缘故风干了，现在地下极端干燥，发现大规模水源的可能几乎没有。"

"所以你们就想到了谷神？那么小一片海洋，能有多大用处呢？"

"岂止是那层海洋，你难道不知道谷神有多少水？下面几千米深的冻土层，如果把地幔里的水全部融化，可以等于地球淡水水体的总和。你知道这对于火星意味着什么。第五基因实验室正在培育水藻，我们需要真正的大湖和贯通南北的河。"

汉斯没有继续往下说，但朗宁当然明白他的意思。岂止是第五实验室的水藻，有了水，接下来还会有一整条开发链：空气成分可以改善，植被可以覆盖，风沙可以大大减少，火星可以真正适宜人类居住。

"可是就没有别的办法吗?"

"有人曾提出从木星取氢再燃烧,不过你自己也可以算一算,这两种方案的成本会差多少。"

朗宁知道这是实话,他也知道到了这一步,已经没有任何挽回的余地了。但是他也同样知道,谷神星若被彻底粉碎,妮妮、果果和镇上所有的居民都再也没有自己的家园了。

"我明白了。现在我只关心一件事,谷神镇的居民怎么办?你们准备怎么处理他们?"

"大多数议员的意思是专门给他们建一个居住区,政府提供优厚的救济……"

听到这话,朗宁渐渐平息的情绪又一下子激动起来:"救济?你让他们以后就一直活在火星人的施舍当中?"

"我知道这话不好听。但你静下心来想一想,火星一切工作都以芯片技术为基础,不要说设计,就连采矿都是全自动机器作业,他们能干什么?"

"所以呢?你的议员们觉得自己已经仁至义尽了是不是?指点一个世界的生存,就像慈悲的上帝是不是?你们究竟有没有考虑过谷神镇人们的心情?"

"朗宁,我根本不是在和你说心情。你还不明白吗,人们在大历史链条中是谈不到心情的。你自己提到地球上的工业革命、能源革命的时候,想没想过圈地运动中农民的心情?想没想过消失的克拉玛依市人们的心情?"

"好,好,我明白了!"朗宁抓起自己的大衣,大踏步地向门口走去,"你放心,我会把话转达给他们,保证不会让他们的小心情阻挡你的大历史的!"

说完,朗宁重重地把门关上,汉斯似乎还在背后说些什么,但他已经听不见了。

朗宁一边走，一边胡乱理着自己的银发，在走廊的拐角，路迪突然蹦出来，着实让他吃了一惊。

路迪有着和他爷爷一样深陷的棕色眼睛，眼睛里写满笑意："朗宁爷爷！就等着您出来呢。您看，我的头盔完成了！"

朗宁勉强挤出一个笑容道："是吗？那太好了。"他拍拍路迪的肩膀，说，"今天我还有点事，改天来了一定好好看一看。"

路迪的笑容一下子变成了失望，摸摸鼻子，说："我本来还想让您这次就带给谷神星的镇长看呢。"

"谷神？"朗宁很讶异，"为什么给谷神的镇长看？"

"因为，我听说他们的飞船只准备安装四个波段的探测器和定位仪，刚好没有 PXA 的硬 X 射线波段，所以才改装了这种便携式头盔，希望能帮他们多带一双眼睛。虽然……"

"等等，你刚才说什么？你说他们的飞船是什么意思？"

路迪有些莫名其妙地眨巴眨巴眼睛，说："难道爷爷没有告诉你吗？爷爷准备让他们成为远航的第一批呀，我一听到这个消息，就想帮忙做点什么了……"

朗宁像被闪电击中似的呆立了一瞬，头脑中只回旋着"远航"两个字，路迪再说什么也都没有听清，好一会儿，才如梦初醒地转过身去，冲进汉斯的书房。

"远航是怎么回事？"朗宁进屋的时候，汉斯正站在大玻璃前向远方眺望。

"是路迪告诉你的？"汉斯没有回头，但声音已经比刚才和缓了许多，"这孩子总是沉不住气。这件事还没通过正式审核呢。"

"告诉我，到底是怎么回事？"

汉斯转过身来，面色凝重，窗外已经亮起的街灯将他的侧脸映成淡蓝色。"你以为，人们当初建造小行星基地，仅仅是为了采矿吗？"

朗宁心中如电光石火般闪过泰林老人曾说的一句话："你以为

人类花了那么多钱，就是为了建立一个童话岛吗？"他当时只觉得有点悲伤，却没有想过更深的意思。

"其实火星上从不缺少常规矿产，没必要如此劳师动众。而且即便需要采矿，也没必要在那里开设工厂。朗宁，我不知道你有没有去过小行星工厂，你知不知道他们主要加工什么东西？"

"你是说，飞船？"朗宁已经隐约明白汉斯的意思了。

"没错，不是什么瓶瓶罐罐之类的小玩意儿，而是飞船，巨大的飞船。一百年前，人们就是想把谷神星当成太空航行的出发站才开发了基地。尽管因为那场旷日持久的战争，计划本身被搁置了，但是小行星的居民却从来没停止过自己的工作。战争结束以后，我们曾经三次修改过设计方案，他们一直很配合，也很努力。现在离最后一套方案的组装阶段已经不远。所以……"

"所以，你决定让他们做自己飞船的第一批乘客？"朗宁发觉，从始至终，最不了解情况的就是他自己。

汉斯点点头："以前的计划里，他们只是制造者，所有飞行者都由火星选送，但现在不一样了。如果捕捉了谷神，那么这就将是小行星太空基地的唯一一次发射了。所以我想，还是让他们去吧。"

"那目标是哪儿？"

"比邻星三号行星。"

"会用多久？"

"说不准，二十几年吧，得看路上的情况。"

"有多大把握？"

"不知道。"汉斯说，"危险肯定有，这是实话。我只能保证专家尽了最大可能做测算，也会有受过特训的宇航员跟随，不过谁也不知道这一路会遇到什么，就连在太阳系里面都不能保证安全。所以朗宁，我要你告诉他们，他们完全可以反对，也有权选择去还是不去。"

朗宁苦笑了一下："这算什么选择呢？汉斯，如果是你，去还

和名师一起读名著

是不去?"

两个人沉默地站在窗边,看着窗外华灯初上的街市。总督府远离闹市区,远处的隧道如纤维般交错,浅蓝色的隧道灯勾勒出透明的线条,层叠起伏。

"朗宁,你还记不记得我们俩在山洞里躲风暴的那天?"

"在奥斯东山背后吧?当然记得。四十二年了。"

汉斯拍拍朗宁的肩膀,瘦削的脸上隐约浮现出一丝惆怅:"四十年前没想过今天吧?做梦的人都不喜欢考虑代价。其实谷神一直就是大宇航链条里的一环,而且还只是个开始,以后的路还很长呢。"

朗宁没有回答,俯下身子,双手交叉搭在窗棂,低头看着楼下。良久,他才不胜疲倦般叹了口气道:"其实问题的关键不是梦想,也不是什么历史的链条。"

"不是?那是什么?"

"问题的关键是,泰林不该把谷神镇建得这么有人情味儿。"

朗宁转身斜靠着玻璃,汉斯看着他,默默地微笑了。

谷　　神

广场上并列排着两只神采飞扬的小飞象,一小一大,小的是雕塑,大的是崭新的小飞船。

朗宁先生独自一人站在喷水池前,凝视着两只小象乌溜溜的大眼睛,觉得自己终于明白为什么当初泰林先生把它当成小镇的标志:在创建者心里,他一直很清楚自己的命运就是飞翔。

谷神,终究是一块没有根系的陆地。

在白天的小镇集会上,镇长将火星政府的意见如实地进行了传达。大部分居民都很镇定,朗宁知道,尽管很多人已经不太清楚祖先开拓的始末由来,但他们早已明白小镇的孤独,他们清楚自己已然无法回归,无论是地球的喧嚣还是火星的精密秩序。他们在方寸大的土地上喜怒哀乐一辈子，比起淹没在火星的城市海洋里，他们宁愿踏上遥远的征途，继续寂寞地一起流浪，在前途未卜的航行中支撑起前辈缔造的荣光。

妮妮在会场曾悄声告诉朗宁，说自己心里其实很感谢最初的宇航计划，她说，如果不是为了远航，谷神上根本就不会有那么多气体发生装置和完整的模拟重力系统。

"所以说，没有这个计划就没有小镇，能在这里住一百年已经够久了。"妮妮白皙的脸上带着一丝决绝，"而且，很多人一直以为自己是在为火星人制造，因此，现在的结果会让他们更欣慰吧。"

这样的结果让朗宁安心，他发现，小镇远比他想象的更坚强。

不过，如果说大人们的反应尚在情理之中，那么小镇对待孩子们的态度却真的出乎朗宁意料了。泰林镇长执意要让孩子们自己选择，是留在火星还是一起上路。

朗宁还记得汉斯对自己说的最后一句话："把孩子们接来吧。大人们的野心没必要让孩子们冒险。"然而当他和泰林镇长谈起这一切的时候，泰林镇长却坚定又威严地说："让孩子们自己决定吧。他们有权选择。"

"在火星和地球，他们肯定能接受最好的教育，飞出去却可能会危险重重。您应该为孩子们着想。"朗宁将汉斯的意思如实转述给泰林，但泰林只说了一句："为他们着想就应该让他们去想，他们已经可以去想了。"

于是，泰林镇长坚持让所有孩子都一起参加了集会，他们在现场就像一群翻涌的小浪花，成为整个集会上最亮眼的一道风景。镇长在会上说，所有家庭都可以自行决定，如果孩子决定到火星去上学，那么父母也都可以留下。

镇长为大家定下的考虑时间有整整一个星期，然而孩子们在会场上绽放出的灿烂笑容，却提前泄露了他们的意愿，那一张张小脸上，写着清楚而坚定无比的骄傲，不带一丝勉强。

"我们当然要一起去!"孩子们兴奋得上蹿下跳。

"旅途不是那么好玩的,什么也看不见,只有黑漆漆的天。"朗宁故意劝他们。

然而孩子们却争先恐后地喊着:"黑漆漆的,多有趣呀!""不是有很多星星吗?书上说外面有一千亿颗星星呢!""他们说我们半路上可以到木星上去玩,是这样吗?""也许会碰到星际海盗呢!到时候我就可以用激光剑……"

"那你们一辈子也看不见地球的热带雨林和大草原了呀。"

"也许到了那里,还有更大的雨林和更大的草原呢!更何况,我们还能看到好多他们看不到的东西呀!"

"果果,你不是还想看看蓝天吗?"

果果忽闪着大眼睛:"我以后一定可以给比邻星也装上一层天空的!"

朗宁笑了,但他没有纠正果果恒星与行星的区别。他忽然发现,只有在孩子心里,梦想才如此简单。

"现在您明白爷爷的意思了吧?"妮妮站在朗宁身旁,一同看着这群快乐的孩子。

是的,朗宁明白,自己没有什么理由再加以拒绝。危险?有什么能比陌生而复杂的都市更危险?教育?有什么能比和自己敬爱的人一起完成一项事业有更好的教育效果呢?

"妮妮,如果最终有很多孩子决定上路,那么我跟你们一起走。"

妮妮诧异地仰起头望着他:"为什么?其实您不必这样的,我们已经很感谢您了。"

朗宁温和地摇摇头,说道:"火星的孩子们很成熟,什么都能自己搜索,可是这些孩子不一样,他们爱听我讲故事。你应该知道,对于一个爱唠叨的老头,有人爱听是多么重要。"说到这儿,他顿了顿,"另外,远航一直是我的一个梦想,年轻时候的梦想。"

从下午开始,小镇在孩子们雀跃的笑声里不但没有悲伤下去,反而呈现出一片其乐融融的暖意。孩子们已然开始构想旅途的故事，对他们来说，再没有什么比亲身经历一场传奇更幸福的事了。他们还不懂得寂寞与恐惧，或者说还不懂得生成寂寞与恐惧的空虚，他们的心小小的，装满了故事，就放不下那许多东西了。

夜已经深了，广场上空无一人。朗宁静静地看着喷水池，心里沉甸甸的满是幸福。

眼前的小飞船他原本打算用来带孩子们去上学，但不知道会不会和雕塑一起留在小镇上，留成永久的纪念。最终的结果还要一个星期才能揭晓，在这期间，每个家庭都会做出更审慎的考量，去还是不去，始终是一个问题。不过，怎样的结果朗宁已经不太在意了，他知道自己带来的故事种下了种子，种子在发芽，对于他来说，就已经是莫大的幸福了。

朗宁又一次抬头仰望着金色的天空，他不知道还能仰望它几次。他开始幻想当孩子们第一次飞到天空里，第一次俯瞰他们的家园时心中会感到的震撼，朗宁想，风景只有引起心里的惊奇时才最美丽，这一点，即便是地球人，也不一定有这样的幸福吧。

清澈的水静谧地流着，朗宁开始暗自期盼和孩子们一起去航行，哪怕永远没有终点。

那些真理祭坛上绚烂的生命火球

子曰:"朝闻道,夕死可矣!"——《论语·里仁》

大多数人在二十岁或三十岁时就死了,他们变成自己的影子,往后的生命只是一天天不断地复制自己。——《约翰·克里斯多夫》

有的人死了,他还活着。——《有的人》

普通的死,叫作死亡,死亡是一种结束;但是也有一些人,他们的死叫作牺牲。牺牲是一种结局,而不是结束。

你以为《朝闻道》是一篇科幻小说?没错。小说里有没有你想看到的科幻元素——外星人?有!有没有超乎想象的科学设备?有!还有很多你想象得到或者想象不到的。但是仅仅有这些令你激动的科幻元素就够了吗?

看完《朝闻道》你就会知道,这不够。

这篇小说打动我们的不仅仅是这些伟大宏奇的神秘幻想、脑洞大开的科学推断,还有那些为追寻真理而甘愿牺牲的生命。

那次原始时代的仰望星空,那些在真理祭坛上升起的生命火球……在科幻小说为你创造的一幅幅奇妙而又合理的想象画面背后,是充满悬念的巧妙构思,而让想象飞扬,推动故事发展的是人类对科学与生命的不懈追问。

图说名著 · *Tushuomingzhu*

生命和真理的

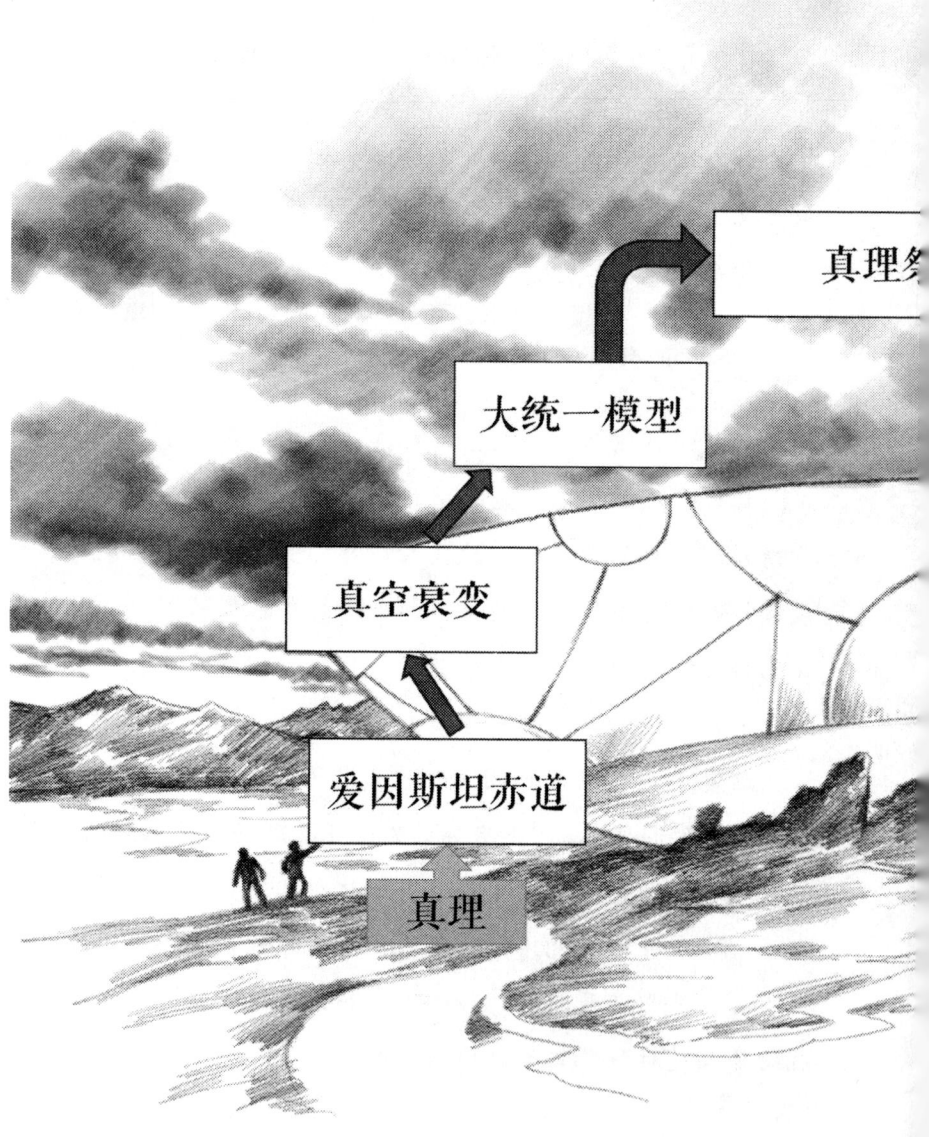

换开始了……

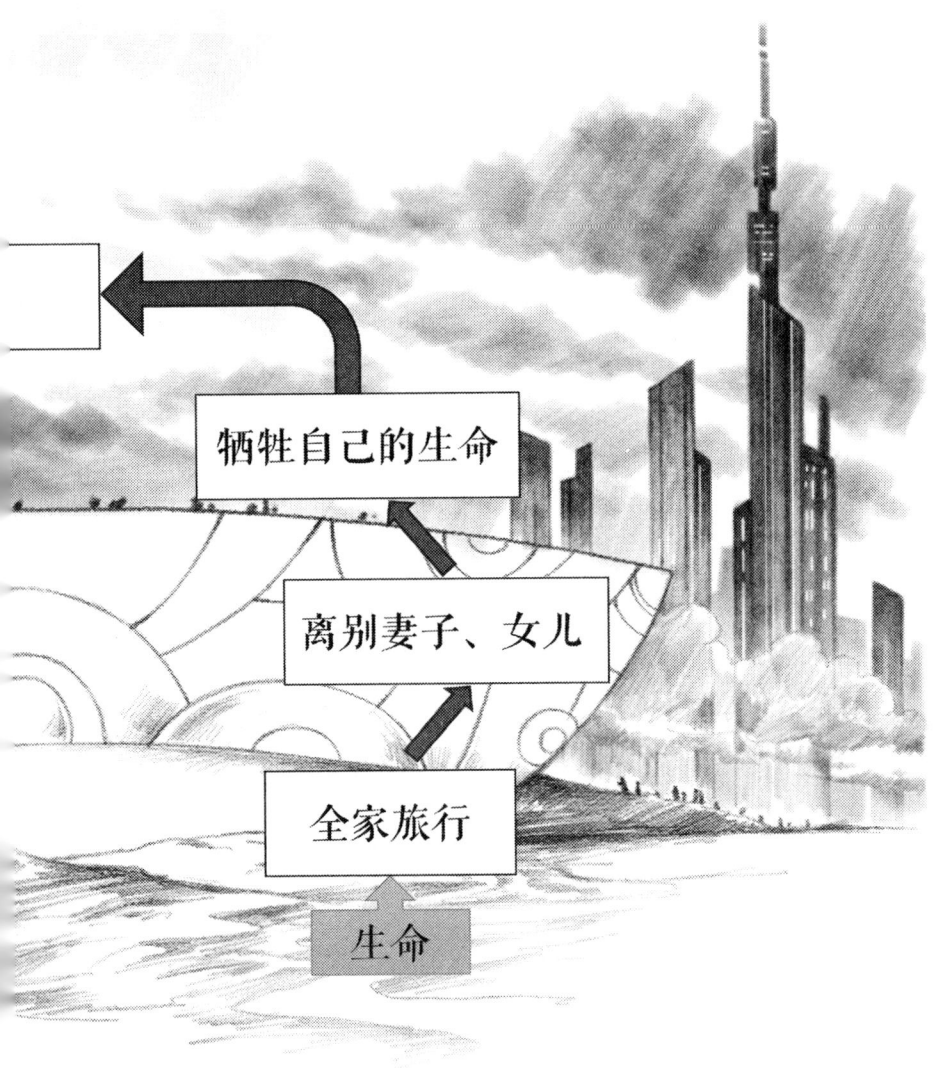

阅读点拨

《朝闻道》是一篇基于科学幻想而创作出的小说,但是,科幻只是表象,作者想要表达的是对真理的追寻、对宇宙奥秘的探索、对生命的思考……

◎ 人物素描

篇目:朝闻道

人物:丁仪

外貌:不详

身份:物理学家,博士

牺牲方式:

……就这样不知过了多长时间,丁仪突然打破沉默:"我有一个办法,既可以使我得到大统一模型,又不违反知识密封准则。"

排险者对他点点头:"说说看。"

"你把宇宙的终极奥秘告诉我,然后毁灭我。"

临终遗言:"……爸爸现在也在一个大动物园的门口,那里面也有爸爸做梦都想看到的神奇的东西,而爸爸如果这次不去,以后真的再也没机会了。"

◎ **情节检索**

《朝闻道》：爱因斯坦赤道之旅——排险者出现——真理祭坛上的献祭。

◎ **特色归纳**

1. 显现出文学想象丰富而迷人的复杂性，读者可以在一个想象的空间里，重返当代思想文化最激荡的变动场景之中。刘慈欣的作品在看似天马行空的科幻天地里，注入关于中国与世界、历史与未来，以及人性和道德的严肃思考。

2. 作者的科幻想象包容着全景式的世界图像，至于有多少维度，甚至时空本身是否存在秩序，在这里并不重要。关键在于，它巨大无边，同时又精细入微，令人感到宏大辉煌、难以把握的同时，又有着在逻辑和细节上的严谨。它的壮观、崇高、奇异，建立在复杂、精密、逼真的细节之上，可以说宇宙之宏大和基本粒子之微小互为表里，前者震撼人心，后者令人目眩。

3. 作者借以构筑世界的那些科学理论，在科学界也都属于先锋理念：从相对论到弯曲空间，从超新星到暗物质，从量子论到超弦理论，都在打破思维的决定论模式，设置出超越常识的可能性，推导出更加充满悬念、更加精细的推理。

◎ **阅读策略**

科幻小说善于在故事中制造悬念、埋下伏笔，最后的谜底出人意料又在情理之中。

在阅读科幻小说时，可以先快速浏览全文，顺着自己的好奇心，追寻小说的情节线索，然后再细细品味，探索科幻小说中的科学奥秘，思考故事里深藏的关于科学与生命的思考。

建议先用一天时间快速浏览《朝闻道》，再用一至两天时间细读、品味小说。你也可以用这样的方法阅读本书中的其他小说。下面给出的表格可供我们参考。

阅读篇目：_____

时　间	阅读内容
月　　日 建议用时一天	一读：快速浏览全文，追寻小说情节线索。你对文中哪些问题很好奇？
月　日—　月　日 建议用时两天	再读：细细品味。读了此文，你有感动或者思考吗？

精华品赏 · Jinghuapinshang

田松教授说："我常常从三个维度衡量科幻作品（书籍和电影）：故事（包括情节和人物等）、（科学的）场景及道具预设、思想境界。"

刘慈欣认为，科幻作品中的角色也可以是物，比如时间机器；也可以是故事所展开的场景，比如虫洞。科幻作品的成败，这些"角色"往往起着比人物更为重要的作用。

科学场景、故事情节、思想境界在科幻作品中相互交织，构成了感官与思想的盛宴。

◎品赏一：科学场景与故事情节的交织

对于科幻作品来说，如果没有特殊的与科学相关的场景设定，就不能叫作科幻了。幻想虽然天马行空，但似乎基于某一个科学理论，因而显得合乎情理，往往对现实有启发意义，对科学场景细致的描绘也常常令读者着迷。

请看下面的例子：

	科学场景	品赏
例1	这时，他们一家三口正坐在一辆时速达500千米的小车里，行驶在一根直径5米的钢管中，这根钢管的长度约为30000千米，在北纬45°线上绕地球一周。 小车完全自动行驶，透明的车舱内没有任何驾驶设备。从车里看出去，钢管笔直地伸向前方，小车像是一颗在无限长的枪管中正在射出的子弹，如果不是周围的管壁如湍急的流水飞快掠过，肯定觉察不出车的运动。在小车启动或停车时，可以看到管壁上安装的数量巨大的仪器，还有无数等距离的箍圈，当车加速起来后，它们就在两旁浑然一体地掠过，看不清了。丁仪告诉她们，那些箍圈是用来产生强磁场的超导线圈，而悬在钢管正中的那根细管是粒子通道。 他们正行驶在人类迄今所建立的最大的粒子加速器中，这台环绕地球一周的加速器被称为爱因斯坦赤道，借助它，物理学家们将实现20世纪那个巨人肩上的巨人最后的梦想——建立宇宙的大统一模型。	在故事的开始，以精准的数据、细致的描写，运用科学理论，描述了"爱因斯坦赤道"，交代了故事的起因，首次提到整个故事的核心科技——"宇宙的大统一模型"，为后面的情节埋下伏笔。

	科学场景	品 赏
例 2	大家仍用那种怪异的目光看着他，总工程师拉起他继续朝窗口走去，当丁仪看到窗外的景象时，立刻对自己刚才的话产生了怀疑，眼前的现实突然变得比刚才的梦境更虚幻了。 　　在淡蓝色的晨光中，以往他熟悉的横贯沙漠的加速器管道消失了，取而代之的是一条绿色的草带，这条绿色大道沿东西两个方向伸向天边。 　　"再去看看中心控制室吧！"总工程师说。丁仪随着他们来到楼下的控制大厅，又受到了一次猝不及防的震撼——大厅中一片空旷，所有的设备都消失得无影无踪，原来放置设备的位置也长满了青草，那草是直接从防静电地板上长出来的。 　　…… 　　真空衰变的概念最初出现在1980年《物理评论》杂志上的一篇论文中，作者是西德尼·科尔曼和弗兰克·德卢西亚。早在这之前狄拉克就指出，我们宇宙中的真空可能是一种伪真空，在那似乎空无一物的空间里，幽灵般的虚粒子在短得无法想象的瞬间出现又消失，这瞬息间创生与毁灭的活剧在空间的每一点上无休止地上演，使得我们所说的真空实际上是一个沸腾的量子海洋，这就使得真空具有一定的能级。科尔曼和德卢西亚的新思想在于：他们认为某种高能过程可能产生出另一种状态的真空，这种真空的能级比现有的真空低，甚至可能出现能级为零的"真真空"。这种真空的体积开始可能只有一个原子大小，但它一旦形成，周围相邻的高能级真空就会向它的能级跌落，变成与它一样的低能级真空，这就使得低	先描绘了令人震撼的"真空衰变"，再解释"真空衰变"这一科学理论，以震撼的画面描写和科学解释，使文中的人物陷入困境，制造情节冲突。

	科学场景	品　赏
	能级真空的体积迅速扩大，形成一个球形。这个低能级真空球的扩张很快就能达到光速，球中的质子和中子将在瞬间衰变，这使得球内的物质世界全部蒸发，一切归于毁灭……	
例3		
例4		

◎品赏二：科幻小说的思想境界

作者往往通过人物的语言和行为反映科幻小说的思想境界。本文中有许多有意思的语言等着我们去琢磨与回味。

请看下面的例子：

人物	语　言	品　赏
丁仪	①"有一句话我早就想对你们说，"丁仪对妻子和女儿说，"我心中的位置大部分都被物理学占据了，只是努力挤出了一个小角落给你们。对此，我心里很痛苦，但也实在是没办法。" ②"求求你，这对我们很重要，不，这就是我们的一切！"丁仪冲动地想去抓排险者的胳膊，但他的手毫无感觉地穿过了排险者的身体。 ③丁仪突然打破沉默："我有一个办法，既可以使我得到大统一模型，又不违反知识密封准则。" 排险者对他点点头："说说看。" "你把宇宙的终极奥秘告诉我，然后毁灭我。"	从作为物理学家的痛苦，到最后为了真理选择牺牲，人物的语言体现了人物的思想历程，将思想境界推向最高点。
松田诚一	①松田诚一瘫坐在草地上，说了一句后来成为名言的话："在一个不可知的宇宙里，我的心脏懒得跳动了。" ②松田诚一从那群物理学家中走了出来，走到姑娘的面前，直视着她的双眼说："泉子，还记得北海道那个寒冷的早晨吗？你说要出道题考验我是否真的爱你，你问我，如果你的脸在火灾中被烧得不成样子，我该怎么办。我说我将忠贞不渝地陪伴你一生。你听到这回答后很失望，说我并不是真的爱你，如果我真的爱你，就会弄瞎自己的双眼，让一个美丽的泉子永远留在心中。"	正如"松田诚一"这个名字，人物对真理"至诚"，对爱人的"专一"，正因如此，在登上真理祭坛前，松田诚一的宣告才如此震撼。

人物	语　言	品　赏
	泉子拿枪的手没有动，但美丽的双眼盈满了泪水。 　　松田诚一接着说："所以，亲爱的，你深知美对一个人生命的重要。现在，宇宙终极之美就在我面前，我能不看它一眼吗？"	

重点研习

◎研究主题：终极追问

活动1：不断接近终极真理的科学理论

通读全文后，找到文中的科学理论，尝试解释这些科学理论，并说说这些科学理论的内在关系。

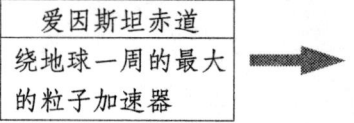

活动2：追寻终极真理的探险者

宇宙排险者接到警报，是因为地球上出现了有能力产生创世能级能量过程的文明，他们发现了人类——一群对终极真理不懈追寻的"探险者"。这些探险者中有谁？他们是怎样探寻真理的？

探险者1号

人物：原始人

探险：仰望星空的时间超过预警阈值，已对宇宙表现出了充分的好奇。

评论：伟大的望星人，对宇宙的凝视开始了整个人类的文明。

探险者2号

人物：

探险：

评论：

探险者 3 号
人物： 探险： 评论：

活动 3：真理祭坛前的终极争论

真理祭坛前，几位国家元首、排险者和科学家们展开了激烈的争论，元首们为什么竭尽所能劝说排险者，让他们拒绝那些科学家的要求？在这场争论中，国家元首、排险者、科学家们分别持有什么样的观点？他们的观点最终达成一致了吗？请试图理解争论双方的立场和观点，并推断导致这一争论产生的原因。

活动 4：从真理祭坛上到星空下的终极追问

文章以一个终极追问引出故事的结尾。这个终极追问是什么？它先后被谁提了出来？这样的终极追问有终极答案吗？来吧，让我们在同一片星空之下，思考我们自己的答案。

阅读交流

朗读赛 • *Langdusai*

在《朝闻道》中，有细致的场景描写，有深邃的语言表达，其中交织着人物坚韧、痛苦、矛盾与热烈的思想感情。人物与人物的纠缠，科学与科学的碰撞，将故事情节一步一步推向高潮。把喜欢的场景、片段读给大家听，将文中的那些感人的画面通过朗读再次展现出来。

1."理论物理学家的梦"朗读指导。

朗读选段	朗读指导
丁仪回到下面的办公室，躺在沙发上睡着了，进入了一个理论物理学家的梦乡。 　　他坐在一辆小车里，小车停在爱因斯坦赤道的起点。小车启动，他感觉到了加速时强劲的推力。他在北纬45°线上绕地球旋转，一圈又一圈，像轮盘赌上的骰子。随着速度趋近光速，急剧增加的质量使他的身体如一尊金属塑像般凝固了，意识到了这个身体中已蕴含了创世的能量，他有一种帝王般的快感。在最后一圈，他被引入一条支路，冲进一个奇怪的地方，这是虚无之地。他看到了虚无的颜色，虚无不是黑色的，也不是白色的，它的色彩就是无色彩，但也不是透明的，在这里，空间和时间都还有待于他去创造。他看到前方有一个小黑点，急剧扩大，那是另一辆小车，车上坐着另一个自己。他们以光速相撞后同时消失了，只在无际的虚空中留下一个无限小的奇点，这万物的种子爆炸开来，能量火球疯狂暴涨。当弥漫整个宇宙的红光渐渐减弱时，冷却下来的能量让天空中	这一段描写的是一个梦，在这个梦境中有奇幻的景物描写，也饱含深情地描写了丁仪的妻子和女儿的眼睛。在这样的梦境旅行中，丁仪的情绪也在变化，有快感，有寻找，有温情，也有绝望。朗

朗读选段	朗读指导
的物质如雪花般出现了。开始是稀薄的星云，然后是恒星和星系群。在这个新生的宇宙中，丁仪拥有一个量子化的自我，他可以在瞬间从宇宙的一端跃至另一端。其实他并没有跳跃，他同时存在于这两端，他同时存在于这浩大宇宙中的每一点，他的自我像无际的雾气弥漫于整个太空，由恒星沙粒组成的银色沙漠在他的体内燃烧。他无所不在的同时又无所在，他知道自己的存在只是一个概率的幻影，这个多态叠加的幽灵渴望地环视宇宙，寻找那能使自己坍缩为实体的目光。正找着，这目光就出现了，它来自遥远太空中浮现出的两双眼睛，它们出现在一道由群星织成的银色帷幕后面，那双有着长长睫毛的美丽的眼睛是方琳的，那双充满天真灵性的眼睛是文文的。这两双眼睛在宇宙中茫然扫视，最终没能觉察到这个量子自我的存在，波函数颤抖着，如微风抚过平静的湖面，但坍缩没有发生。正当丁仪陷入绝望之时，茫茫的星海扰动起来，群星汇成的洪流在旋转奔涌，当一切都平静下来时，宇宙间的所有星星构成了一只大眼睛，那只百亿光年大小的眼睛如钻石粉末在黑色的天鹅绒上撒出的图案，它盯着丁仪看，波函数在瞬间坍缩，如倒着放映的焰火影片，他的量子存在凝聚在宇宙中微不足道的一点上，他睁开双眼，回到了现实。	读时要读出丁仪在其中的情感变化。

2."真理祭坛"和"交换"两部分文段分别展现了两大段对话，一段对话是政客与科学家的对话，一段对话是科学家与家人、爱人的对话，朗读的时候要把握人物性格特征和上下文的情节。可以邀请几名同学一起分角色表演。

辩论场 • Bianlunchang

1. 在《朝闻道》中，众多科学家为真理牺牲自己的生命固然可敬，但是同时他们也抛弃了自己的家人，你认为"为了真理抛弃家庭"这种行为可取吗？

正方：我们认为这种行为可取。入党誓词里的"随时为党和人民牺牲一切"，裴多菲说的"生命诚可贵，爱情价更高；若为自由故，二者皆可抛"，这两个例子里，共产党为人民的利益，裴多菲对自由的追求，可以说是他们各自的真理。人的一生之中，家庭、事业、爱情，只是人世间的小情小爱，而对真理的追求，则是宇宙大爱。更何况从宇宙的广阔与时间的漫长这个角度看，只要眼界足够开阔，所谓家庭的羁绊，只是几十年的一瞬，只是方圆几千里的一隅而已。只有真理才是无限，才是永恒。为了无限之大，抛弃一瞬之微，显然是可取的行为。

反方：我们认为这种行为不可取。千里之行始于足下，千里之堤毁于蚁穴，如果一个人连对自己的家庭负责都做不到，那么所谓"对真理的追求"，无异于水中之花镜中之月。从利益的角度讲，抛弃家庭带来的恶劣后果，不知道会毁掉多少孩子，很可能那些毁掉的孩子里，就有可以找到真理的人呢！极端地假设，如果每一个人都抛弃家庭去寻求真理，那世界早就毁灭了；但是即使每个人都对家庭负责，优先考虑家庭，那发现真理也就是慢一点，但是迟早会能发现。从这个角度来说，为了真理抛弃家庭是不可取的。

2. 在《带上她的眼睛》中，科学家发明了"眼睛"，可以带别人去旅游。看完小说，有的同学认为如果这个发明实现了，将是一种伟大的科技革命，可以完全替代旅游；但是也有同学认为，这种技术其实就是一种可以闻气味的电视，现在看电视不能代替旅游，将来即使这种技术实现，同样也不能代替旅游。你认为呢？

正方：我认为这种技术完全可以代替旅游。第一，"眼睛"的各种感觉要素齐备，使人身临其境；第二，旅游的成本越来越高，节假日处处人山人海，如果一半的人使用这种方式旅游，那么旅游景点的压力会大大减小。

反方：我反而认为这种发明着实鸡肋。旅游不是单一看风景、吃美食等活动，更重要的是利用一段时间，享受一段过程，留下一段记忆。"我看过"和"我去过"是两种完全不同的感受。与其使用"眼睛"，还不如在家里吃着西瓜看旅游宣传片呢！

3. 提出自己阅读本书故事的时候产生的疑问和思考，与大家一起交流。

创意展 · *Chuangyizhan*

科幻小说是属于基于现实的背景架空小说，因此，全面了解科幻小说构建的科幻世界成了阅读科幻小说的乐趣之一。再加上科幻小说的构思本来就以创意取胜，因此读完这一本科幻小说，你的头脑里一定积聚了不少巧妙的点子、极具创意的构思。发挥创造力，为喜欢的名著做点什么吧。

创意提示：

文字类：选择本书中的一篇科幻小说，为这篇小说写一篇推荐性质的书评，针对人物或者主题评论，向更多人推荐这篇小说。

图片类：擅长绘画的同学可以选择给这本书中的一篇小说绘制插图；逻辑思维强的同学可以绘出思维导图图解小说情节和社会背景……最好有一点文字说明，向大家说说你的创作理念。

创客类（强烈推荐）：聚集身边所有读过这本书的同学，或动手制作，或找寻搜集，或出谋划策，建造一个"科幻博物馆"，在博物馆里展示自己制作或者搜集的科幻小说世界里面的物品，比如《朝闻道》里"粒子加速器"的模型，再如《带上她的眼睛》里"她"使用过的"眼睛"。邀请朋友参观你们的博物馆，向他们介绍物品的来历，并向他们极力推荐这本书。

表演类（强烈推荐）：聚集你身边所有读过这本书的同学，自己设计、装扮，举办一次"科幻世界"cosplay展。请同学们参观、互动和评论。

创意展示

知识擂台 • Zhishileitai

1. 下列科幻作品,作者不是刘慈欣的是（　　）。
   A.《三体》　　　　　　B.《带上她的眼睛》
   C.《海底两万里》　　　D.《朝闻道》

2. 下列科幻作品中有"丁仪"这个角色的是（　　）。
   A.《生命之歌》　　　　B.《朝闻道》
   C.《谷神的飞翔》　　　D.《生死第六天》

3. 《朝闻道》中,登上真理祭坛却没有得到答案的人物是（　　）。
   A. 宇宙排险者　　　　B. 丁仪
   C. 法国元首　　　　　D. 霍金

4. 刘慈欣获第73届世界科幻大会颁发的雨果奖最佳长篇小说奖的小说是（　　）。
   A.《带上她的眼睛》　　B.《三体》
   C.《朝闻道》　　　　　D.《超新星纪元》

5. 在《朝闻道》中提到:真空衰变的概念最早出现在（　　）。
   A. 1980年　　B. 2001年　　C. 2021年　　D. 2041年

6. 《朝闻道》中,物理学家们将借助爱因斯坦赤道实现20世纪那个巨人肩上的巨人最后的梦想:建立（　　）。
   A. 真空衰变　　　　　B. 宇宙的大统一模型
   C. 世界核子中心　　　D. 完整的物理学体系

7. 本书的科幻小说中,第一个到达地心的人是（　　）。
   A.《朝闻道》中的丁仪　　B.《带上她的眼睛》中的"她"

C.《谷神的飞翔》中的朗宁　D.《生死第六天》中的兰星烈
8. 《朝闻道》所构造的宇宙中，文明世界的最高准则之一，不允许高级文明向低级文明传递知识的准则叫作_____。
9. 《带上她的眼睛》中的"她"乘坐的是_____飞船。
10. 在《朝闻道》的世界中，地球上第一次预警系统报警是因为原始人仰望星空的时间超过了_____。

真题再现 • Zhentizaixian

《三体》：系列长篇科幻小说，是中国科幻作家刘慈欣的作品。该系列作品由《三体》《三体Ⅱ·黑暗森林》《三体Ⅲ·死神永生》三部小说组成。讲述了地球文明和三体文明在宇宙中的兴衰历程。节选部分的"水滴"是三体文明发来的一个探测器。

水　滴（节选）

刘慈欣

①丁仪发出一阵冷笑，听起来有种令人寒颤的凄厉，三名军官也同样知道这冷笑的含义：水滴不像眼泪那样脆弱，相反，它的强度比太阳系中最坚固的物质还要高百倍，这个世界中的所有物质在它面前都像纸片般脆弱，它可以像子弹穿透奶酪那样穿过地球，表面不受丝毫损伤。

②"那……它来干什么？"中校脱口问道。

③"谁知道？也许它真是一个使者，但带给人类的是另外一个信息……"丁仪说，同时把目光从水滴上移开。

④"什么？"

⑤"毁灭你，与你有何相干？"

⑥这句话带来一阵死寂，就在考察队的另外三名成员和联

合舰队中的百万人咀嚼其含义时,丁仪突然说:"快跑。"这两个字是低声说出的,但紧接着,他扬起双手,声嘶力竭地大喊:"傻孩子们,快——跑——啊!"

⑦ "向哪儿跑?"西子惊恐地问。

⑧ 只比丁仪晚了几秒钟。中校也悟出了真相,他像丁仪一样绝望地大喊:"舰队!舰队疏散!"

⑨ 但一切都晚了,这时强干扰已经出现,从"螳螂"号传回的图像扭曲消失了,舰队没能听到中校的最后呼叫。

⑩ 在水滴尾部的尖端,出现了一个蓝色的光环,那个光环开始很小,但很亮,使周围的一切笼罩在蓝光中,它急剧扩大,颜色由蓝变黄,最后变成红色,仿佛光环不是由水滴产生的,而是前者刚从环中钻出来一样。光环在扩张的同时光度也在减弱,当它扩张到大约是水滴最大直径的一倍时消失了,在它消失的同时,第二个蓝色小光环在尖端出现,同第一个一样扩张、变色和减弱光度,并很快消失。

⑪ 光环就这样从水滴的尾部不断出现和扩张。频率为每秒钟两三次,在光环的推进下,水滴开始移动并急剧加速。

⑫ 考察队的四人没有机会看到第二个光环的出现,第一个光环出现后,在近似太阳核心的超高温中,他们都被瞬间汽化了。

⑬ "螳螂"号的船体发出红光,从外部看如同纸灯笼内的蜡烛被点燃了一样。同时,金属船体像蜡一样熔化。但熔化刚刚开始,飞船就爆炸了。爆炸后的"螳螂"号几乎没有留下固体残片,船体金属全部变成白炽的液态在太空中飞散开来。

⑭ 舰队清晰地观察到一千公里外"螳螂"号的爆炸,所有人的第一反应是水滴自毁了,他们首先为考察队四人的牺牲而悲伤,然后对水滴并非和平使者感到失望,不过对即将发生的

事情，全人类都没有做好最起码的心理准备。

⑮第一个异常现象是舰队太空监测系统的计算机发现的，计算机在处理"螳螂"号爆炸的图像时，发现有一个碎片不太正常。大部分碎片是处于熔化状态的金属，爆炸后都在太空中匀速飞行，只有这一块在加速。当然，从巨量的飞散碎片中发现这一微小的事件，只有计算机能做到，它立刻检索数据库和知识库，抽取了包括"螳螂"号的全部信息在内的巨量资料，对这一奇异碎片的出现做出了几十条可能的解释，但没有一条是正确的。

⑯计算机与人类一样，没有意识到这场爆炸所毁灭的，只是"螳螂"号和其中的四人考察队，并不包括更多的东西。

⑰对于这块加速的碎片，舰队太空监测系统只发出了一个三级攻击警报，因为它不是正对舰队而来，而是向矩形阵列的一个角飞去，按照目前的运行方向，将从阵列外掠过，不会击中舰队的任何目标。在"螳螂"号爆炸同时引发的大量一级警报中，这个三级警报被完全忽略了。但计算机也注意到这块碎片极高的加速度，在飞出300千米时，它已经超过了第三宇宙速度，而且加速还在继续。于是警报级别被提升至二级，但仍被忽略。碎片从爆炸点到阵列一角共飞行了约1500千米，耗时约50秒钟，当它到达阵列一角时，速度已经达到31.7千米/秒，这时它处于阵列外围，距处于矩形这一角的第一艘战舰"无限边疆"号160千米。碎片没有从那里掠过阵列，而是拐了一个30°的锐角，速度丝毫未减，直冲"无限边疆"号而来。在它用两秒钟左右的时间飞过这段距离时，计算机居然把对碎片的二级警报又降到了三级，按照它的推理，这块碎片不是一个有质量的实体，因为它完成了一次从宇航动力学上看根本不可能的运动：在两倍于第三宇宙速度的情况下进行这样一个不减速的锐角转向，几乎相当于以

同样的速度撞上一堵铁墙，如果这是一个航行器，它的内部放着一块金属，那这次转向所产生的过载会在瞬间把金属块压成薄膜。所以，碎片只能是个幻影。

⑱就这样，水滴以第三宇宙速度的两倍向"无限边疆"号冲去，它此时的航向延长线与舰队矩形阵列的第一列重合。

⑲水滴撞击了"无限边疆"号后三分之一处，并穿过了它，就像毫无阻力地穿过一个影子。由于撞击的速度极快，舰体在水滴撞进和穿出的位置只出现了两个十分规则的圆洞，其直径与水滴最粗处相当。但圆洞刚一出现就变形消失，因为周围的舰壳都由于高速撞击产生的热量和水滴推进光环的超高温而熔化了，被击中的这一段舰体很快处于红炽状态，这种红炽由撞击点向外蔓延，很快覆盖了"无限边疆"号的二分之一，这艘巨舰仿佛是刚刚从煅炉中取出的一个大铁块。

⑳穿过"无限边疆"号的水滴继续以约每秒30千米的速度飞行，在三秒钟内飞过了90千米的距离，首先穿透了矩形阵列第一列上与"无限边疆"号相邻的"远方"号，接着穿透了"雾角"号、"南极洲"号和"极限"号，它们的舰体立刻都处于红炽状态，像是舰队第一队列中按顺序亮起的一排巨灯。

㉑"无限边疆"号的大爆炸开始了。与其后被穿透的其他战舰一样，它的舰体被击中的位置是聚变燃料舱，与"螳螂"号在高温中发生的常规爆炸不同，"无限边疆"号的部分核燃料被引发核聚变反应，人们一直不知道，核聚变反应是被水滴推进光环的超高温还是被其他因素引发。热核爆炸的火球在被撞击处出现，迅速扩张，整个舰队都被强光照亮，在黑天鹅绒般的太空背景上凸现出来，银河系的星海黯然失色。

（选自《三体》）

1. 结合小说中"水滴"摧毁地球舰队的过程,说一说你的感受。

_____
_____

2. 小说中有多处文字展示了"水滴"的神奇,超出读者的想象。请你从文中选出一处,加以赏析。

_____
_____

3. 这篇科幻小说带给人们的是震撼和沉思。结合人类生活现状,写出引发你思考的问题并阐释理由。

问题:_____
_____

阐释理由:_____
_____

(2016年北京市通州区中考二模语文试题)